孩子，做你人生的主角

34道 特别家书

关爱留守儿童项目组 ◎ 编著

中原农民出版社

·郑州·

图书在版编目（CIP）数据

孩子，做你人生的主角：34道特别家书 / 关爱留守儿童项目组编著. —郑州：中原农民出版社，2020.9
ISBN 978-7-5542-2330-7

Ⅰ．①孩… Ⅱ．①关… Ⅲ．①书信集-中国-当代 Ⅳ．①I267.5

中国版本图书馆CIP数据核字（2020）第162769号

孩子，做你人生的主角　34道特别家书
HAIZI, ZUO NI RENSHENG DE ZHUJUE　34 DAO TEBIE JIASHU

出 版 人：	刘宏伟
总 策 划：	刘宏伟　刘　萍
策划编辑：	丁　璞
责任编辑：	丁　璞　刘成诚
责任校对：	彤　冰
责任印制：	孙　瑞
装帧设计：	薛　莲

出版发行：中原农民出版社
　　　　地址：郑州市郑东新区祥盛街27号　　邮编：450016
　　　　电话：0371-65713859（发行部）　0371-65788673（青少年读物编辑部）

经　　销：	全国新华书店
印　　刷：	河南省诚和印务有限公司
开　　本：	710mm×1010mm　1/16
印　　张：	15.5
字　　数：	201千字
版　　次：	2021年5月第1版
印　　次：	2021年5月第1次印刷
定　　价：	58.00元

如发现印装质量问题，影响阅读，请与印刷公司联系调换。

序一
用爱点亮人生

《孩子，做你人生的主角》这本书收录了34名留守儿童写给父母的信，还有社会各届人士给孩子们的34道特别家书。

为什么要出版这样一本书？

2019年5月，受中原农民出版社刘宏伟社长之邀，《婚姻与家庭》杂志与中原农民出版社，共同发起了一次面向留守儿童的"给母亲的一封信"征文活动。活动期间，我们共收到来自北京、河南、安徽、湖南、湖北、江苏、浙江等地留守儿童的征文1000多封。这些信，编辑们一边看一边感动地掉眼泪。

留守儿童问题，是一个突出的社会问题。伴随着中国社会政治经济的快速发展，青壮年农民走入城市，广大农村出现了留守儿童这样一个特殊的未成年人群体。因父母外出务工而缺少家庭关爱，是人们对这个群体的第一印象，也是很多留守儿童的真实生活状态。近年来，全社会对留守儿童投注了更多的目光更多的关爱，但人们对留守儿童的了解更多还是来自媒体的报道。但事实上，留守儿童群体中的很多孩子，并不像人们想象的那样，心中只有怨恨、心理脆弱、成绩糟糕……留守的境遇，反而让他们变得坚强而勇敢、独立而懂得感恩。

还记得2020年夏天火爆全网的考古界团宠钟芳蓉吗？湖南耒阳留守女孩钟芳蓉高考考出676分的好成绩，报考北大考古专业引发关注。钟芳蓉父母外出打

工7年,每年仅能看望她三四次。她从6年级开始在校寄宿,独立自强的她考取高分,在微博上发文称:"我从小喜欢历史和文物,是受到樊锦诗先生的影响,所以报考了北京大学考古专业。"敦煌研究院名誉院长樊锦诗也给她送去口述自传《我心归处是敦煌:樊锦诗自述》一书,并写信鼓励她"不忘初心,坚守自己的理想,静下心来好好念书。"

钟芳蓉的故事改写了人们对留守儿童的刻板印象,我们希望,这些征文也可以。真实的留守儿童群体需要被更多人看到。

于是我们优选征文中的优秀作品结集出书,通过留守儿童自己书写的最真实的文本,通过他们内心最想对父母说的话,他们向这个世界发出的最真实的呐喊,让更多人听到留守儿童的心声,看到他们身上那些闪光的品质。

同时,我们还邀请社会各届知名人士及专业心理咨询师给孩子们写了34道特别家书,也一并收录在书中。如果说征文的价值在于让全社会看到真实的留守儿童群体,那么这些回信的价值,就在于让留守儿童看到一个更加广阔的世界。钟芳蓉的人生被樊锦诗先生点亮,当这34名留守儿童与34位回信者的人生相互碰撞,谁能说不会有更多的钟芳蓉?

在这里,真的要感谢每一位回信的老师,无论是学者还是企业家、是主持人还是心理咨询师……他们认真阅读征文并在百忙中回信，字里行间饱含深情。或用专业经验帮助孩子们梳理情绪与感受，或用自己的切身体验让孩子们明白父母的无奈与辛苦，他们还把自己的人生感悟毫无保留地分享给孩子们：苦难也是一笔巨大的财富，一个人无法选择人生的境遇，但却可以选择做自己人生的主角。

因此，这本书的出版并非一个句号，而是一个起点。我们与北京青爱教育基金会共同发起了关爱留守儿童"种爱计划"，未来会把与留守儿童书信往来这件事持续做下去。留守儿童的心田不是一片荒野，只不过是一处需要稍加打理的小花园。我们希望通过这样一种最原始最走心的方式，为留守儿童提供长期情感陪护，不断播撒爱的种子，常常施肥浇水，让这片心田开满绚丽的花朵。

最后，欢迎更多有爱心的朋友一起加入我们的"种爱计划"。

刘萍

婚姻与家庭杂志社总编

序二

千山万水传递爱

有学者说:"留守儿童现象的产生,与其说是家庭分离之痛,不如说是中国现代化发展之殇。"这么多年中国经济的高速发展,离不开乡村对城市的支援。一代代农民工背井离乡,在陌生的城市里挥洒青春和汗水,为城市的建设和发展提供了源源不断的动力支持。而他们的孩子,就这样被迫与父母分离,成为我们口中的"留守儿童"。比起城市里的儿童,他们普遍缺乏父母的陪伴和关注。他们的成长、进步、快乐,他们的迷茫、困惑和苦恼,需要有更多人来分享和分担。

中原农民出版社作为全国唯一一家农民出版社,这些年围绕着农业、农村、农民出版了很多书,提供了很多服务。留守儿童作为"三农"中的特殊一环,一直是我们关注的一个群体。可以说在这个问题上,我们一直很用心。早在2013年,我们就策划出版了一套留守儿童教育丛书,包括思想教育手册、学习教育手册、品德教育手册、健康教育手册、安全教育手册等。随后,我们还出版了《乐小天和他的伙伴们》留守儿童系列读本一套9本书,阅读对象涵盖了一年级至九

年级的留守儿童。这些都取得了良好的社会效益和影响力。为这群孩子做点我们所力所能及的事,是农民出版社的社会责任,也是我们从事"三农"出版工作者的一点情怀。

留守家园,这些孩子心中也一定有很多问号,一定积攒了很多想要对父母说的话,而打开这些问号不仅是他(她)们父母的责任,我们也有责任去倾听和思考。我们可不可以找一种方式,让他(她)们说出内心最想说的话?我们可不可以联合更多的社会力量,为他们提供有针对性的帮助,把关爱真正落实在一个、十几个甚至几十个真真切切的留守儿童身上?这些想法首先得到了全国妇联所属婚姻与家庭杂志社的热情响应,我们双方在关爱留守儿童这个问题上不谋而合,专门成立关爱留守儿童项目组,开展包括编辑出版图书在内的一系列相关活动。随后又陆续得到了好几家媒体的支持和响应。2019 年 5 月,我们联合婚姻与家庭杂志社、教育时报、东方今报、阳光少年报、河南区域自媒体联盟,开展了面向留守儿童的"给母亲的一封信"征文活动。活动期间,收到了来自北京、河南、安徽、湖南、湖北、江苏、浙江等地留守儿童1000多封来信。我们从中遴选出来最具代表性的来信，邀请社会各界知名人士、心理专家、儿童教育工作者给孩子们写了34封回信。这些信件的搜集和整理，一轮轮的筛选和确认，一来一回的信件传递、沟通与回复历时一年多，终于结集到这本书中，呈现在广大读者的眼前。

我们的编辑在加工过程中，小心翼翼地斟酌修改每一封书信，力求最大程度保持这些书信的原貌，最终呈现出来的这些内容，如实展现了留守儿童这个群体的真实生活状态和内心世界，也如实展现了回信者们对孩子们细腻入微的体贴与关怀。写信人和回信人通过书信这种古老的方式，跨越时间、空间进行了真诚的沟通和交流，字字句句都能让我们感受到人与人之间那种真诚的心灵互动。

在这卷特殊的信札出版之际，我要感谢我们紧密的合作者特别是婚姻与家庭杂志社无私的付出；感谢蒙曼、鞠萍等数十位名家妈妈般热情参与和代言；感谢全国为留守孩子付出特别关爱的老师；感谢所有为留守孩子付出爱心的各界人士。我也期望能把这卷信札作为礼物让更多留守孩子分享。

一封信、一句话，能够照亮一个孩子的未来之路。"每个梦想，都值得灌溉，眼泪变成雨水就能落下来；每个孩子，都应该被宠爱，他们是我们的未来。"希望这些跨越千山万水的书信交流，能够为这些孩子提供点滴的帮助，在关爱留守儿童这条路上，我们还将继续前行，也希望未来能有更多的同行者。

刘宏伟

中原农民出版社社长

我怕放学时下雨，我怕深夜里打雷。泥泞道路，真的很难走。书包太沉重，压痛了我稚嫩的双肩。
——陈旭娇，11岁，五年级　　**page · 002**

大自然也要经过冬天的寂寞，才能迎来春天的明媚，人生又何尝不是如此呢?
——蒙曼，全国妇联兼职副主席，中央民族大学教授
page · 004

你们已经错过了我的童年，难道也要错过我的青春吗?
——陈柳伊，13岁，初一　　**page · 008**

家乡田野上的每一棵树都在见证着你美丽的成长，它们如同父母的眼睛，每天注视着自己的孩子。
——保冬妮，著名儿童文学作家　　**page · 010**

老师说：自己的未来掌握在自己手里，只有不断进取，才能有所作为。

——段亚辉，10岁，四年级　　**page · 015**

这个世上，没有完美的家庭，没有完美的父母。父母把我们带到这个世界，就完成了他们的使命，其他的都是额外的礼物。

——海蓝博士，儿童心理教育专家　　**page · 018**

其实，我要的很少。

——刘欣芳，13岁，初一　　**page · 024**

未来，你总要长大，总要自立，总要离开父母。必须靠自己！

——鞠萍，央视著名少儿节目主持人　　**page · 026**

从小我们聚少离多，贯穿我整个童年记忆的，是我的爷爷和奶奶。因此，和您相处的每分每秒我都格外珍惜，和您相处的每一件事我都认真地记到日记本上，生怕忘了！

——娄舒文，14岁，初三　　**page · 029**

妈妈不在身边，的确让人很难过。可是，你知道吗，世间有一种离别就是为了更好的相聚。妈妈离开你在外打工，就是为了以更好的姿态与你相聚，为了将来有一天不必再受分离之苦。

——周洲，央视著名少儿节目主持人　　**page · 032**

> 这一切一切的为什么都一直刻在我的心里，我一直想问问您答案，可总是话到嘴边了，却不敢问。这究竟又是为什么呢？
>
> ——王湘雨　　　　　　　　　　page · 037

> 生活给了我们很多苦难，但同时生活也给了我们很多的礼物。
>
> ——王芳，知名主持人，节目制作人，畅销书作家
>
> 　　　　　　　　　　　　　　page · 038

> 我只知道"妈妈"这个人是一个非常神秘的人，是一个藏在电话里的人，是一年才能见到一次的人。每当村里的人们逗我玩时，总会问我："你的妈妈在哪里呀？"那时我总是用天真的话语说："我的妈妈在电话里。"
>
> ——鄢禹萌，14岁，初二　　　page · 042

> 你的爸爸和妈妈同样在远方的城市里忍受着孤独和想念，咬牙在城市里穿梭奋斗。
>
> ——李素丽，全国劳动模范　　page · 044

> 请您和爸爸放心，女儿已经长大，能够担得起生活的重担，定当不辜负你们的期望。
>
> ——张雅芝，10岁，四年级　　page · 047

> 人生就是这样，很多事情难以选择，无论是你我还是他们。而这也是上苍给予我们每个人的历练，这段经历会让你更加强大，更加热爱生活，更加懂得什么是责任。
>
> ——桑兰，全国跳马冠军，著名体操运动员　　page · 050

> 我始终不是个好女儿，不是个让你骄傲的女儿，不是个孝敬的女儿。
>
> ——张鹏宇，14岁，初二
>
> page · 055

> 我想代表好多叔叔阿姨给你一个公正的评价：你是一个很懂事的好女儿，因为你懂得努力，对妈妈用心用情。
>
> ——张小媛，中华志愿者协会副会长，全国妇联宣传部原部长
>
> page · 058

> 我们都在不同的岗位上奋斗着，纵使现实再残酷，没关系，它总有美好的时候。在这方面，爸爸您就是最好的证明。您勇敢、顽强，一路走来什么大风大浪没见过、没经历过，但这也造就了您"全能爸爸"的形象。
>
> ——崔缤丹，13岁，初一
>
> page · 062

> 我特别喜欢你说的那句话，"我们都在不同的岗位上奋斗着"。是啊，我们并没有各自为战，而是并肩作战，你的这句话不仅给你的父亲打足了气，也给勇赫大叔很大的鼓舞。
>
> ——刘勇赫，人称"勇赫大叔"，著名亲子教育专家
>
> page · 064

> 你们为什么要去赚那些钱呢？赚那么多的钱有什么用呢？不是一家人待在一起才是幸福的吗？我需要团圆，我希望团圆，我喜欢团圆。
>
> ——崔佳淇
>
> page · 068

> 我们太多的父母，那些难以解释的无奈和狠心，真的是为了儿女、为了生存、为了让一家人生活得更好。因为，天下所有的父母都爱自己的孩子，都希望给孩子们创造更美好的生活。
>
> ——王薇华，心理学畅销书作家
>
> page · 070

> 我孤苦无助时，只有朋友帮助我；我伤心难过时，只有朋友安慰我；我开心快乐时，也只有朋友和我一起笑。
> ——杜文化，13岁，初一
> page · 074

> 请你相信"相信"的力量，只要你相信妈妈对你无私而又深沉的爱，你一定会体会到远方的她在时时刻刻关注着你，安慰着你，爱护着你。
> ——古燕琴，全国三八红旗手，北京市优秀教师
> page · 076

> 妈妈，我认为留守是一把双刃剑，它让我懂得珍惜与父母在一起的时光，让我懂得幸福生活来之不易，要好好学习……但它也让我的童年没有你们的陪伴。
> ——关胜男，13岁，初一
> page · 080

> 我期望你有清晰的自我意识、有独立的自我，明白每一个人都是独立的个体，都需要为自己负责。
> ——张少华，河南科迪速冻食品有限公司执行总经理
> page · 082

> 我希望有一天，我能变得很优秀，让您和妈妈骄傲地生活。您为我操劳和辛苦了大半辈子，我希望以后能换我来照顾您。
> ——胡锦硕，13岁，初一
> page · 085

> 深深地祝福你和爸爸，祝福你们全家在未来也可以一直相互关爱、鼓励、支持、陪伴，祝福你们都像雄鹰一样展翅翱翔，追求自己的梦想！
> ——李微，"长腿叔叔信箱"公益项目创始人
> page · 088

34 道特别家书　005

> 妈妈，这么多年了，我早已忘记了您和爸爸的面孔。我曾努力地回忆，但换来的还是一片空白。
>
> ——黄佳荣，12岁，六年级　　page · 092

> 不要再去纠结于和爸爸妈妈不在一个城市，而应该多想一想，你们的心在一起。你想他们了就说出来，还可以经常和他们聊天、沟通感情。亲情，多远的距离都阻隔不了。
>
> ——派妈丽莎，樊登小读者 IP 讲师，被数万小朋友称为"百变派妈"　page · 094

> 我们总是接受父母给予我们的，却忘了如何去回报父母，哪怕是一通电话，一个消息，一句生日快乐，他们都会高兴地笑成一朵花。
>
> ——李娜薪，13岁，初一　　page · 099

> 我很感谢你，因为你给我上了一课，让我看到了自己的不足……爱不是享受，而是付出。就像父母无条件地爱我们一样，当我们无条件地爱父母时，幸福就悄悄来临了。
>
> ——贾方方，媒体人，心理咨询师　　page · 102

> 原来您不是不想回来陪我，而是想努力赚钱，让我们过更好的日子；原来您为了能供我上学，磨出了老茧，熬出了胃病；原来，您一直都很爱我，只是我从未察觉。
>
> ——李诗怡，13岁，初一　　page · 108

> 你是幸运的，你的爸爸妈妈希望尽自己最大的努力，给予你最美好的未来，这是因为他们对你爱得深沉而坚定！
>
> ——许多多，国家二级心理咨询师，家庭教育指导师
>
> page · 110

> 您一直在外地上班，差不多一年才回来一次。但您的爱就像无线网络一样，从远方传到我的心里，让我一点也不觉得孤独。
>
> ——李兴达，13岁，初一　　**page · 114**

> 当我看到你的信中流露出来的感情那么真挚，我又产生了一种温暖和欣慰的感觉，这似乎不是为了征文写的信，而是一种真情流露。这是父母离开家庭外出奋斗，孩子在家中思念和期盼的心情，也是孩子理解父母、心疼父母的肺腑之言。
>
> ——韩茹，中科院心理研究所发展与教育心理学博士　　**page · 116**

> 以前我总认为您为了钱能丢下我，所以我生怕同学知道我妈妈是一个怎样的人，但是今天我要说，您在我心目中是世界上最伟大的人。
>
> ——马金玉　　**page · 121**

> 爸爸妈妈背井离乡，为国家的建设做出了很大的贡献，也品尝了很多的苦痛，克服了许多艰辛，为的就是给家人创造更美好的生活，或者实现一个心中的梦想。他们是勇敢的人，是值得我们尊敬的人。
>
> ——刘萍，婚姻与家庭杂志社总编　　**page · 124**

> 我知道，您很辛苦。但是您知道吗？与优越的生活相比，我们更需要您的关怀。我也希望像别的孩子一样依偎在父母的怀里，与家人开开心心地在一起。
>
> ——马晓颜，14岁，初二　　**page · 130**

> 你需要妈妈的陪伴，她也需要你的陪伴。今天的外出，是为了日后更好的归来；今天的分离，是为了以后更好的相聚。
>
> ——许博，人民网主持人　　**page · 132**

> 我从童年到现在流的泪水应该有一个小湖那么多了。我亲爱的母亲,您什么时候能在我身边待的时间长一些啊。
> ——冉丽婷,11岁,五年级   **page · 136**

> 妈妈为了生活,为了支撑这个家,为了让你和全家人过得更好,除了要承受工作的压力,还要承受对你、对家人的思念之苦。每天,当妈妈结束一天的工作,当夜幕降临,当妈妈一个人静静地待在宿舍的时候,妈妈对你的思念,又怎能用言语来表达呢!
> ——王建平,幼儿家庭教育专家   **page · 138**

> 同学们都笑骂我是"野种",没有母亲,我在学校只能忍着痛苦说"别开玩笑了",回家后却趴在床上哭了。
> ——师奥奇,11岁,五年级   **page · 142**

> 他们还不懂得,这么做会对你造成怎样的伤害。你不需要去原谅他们,只要知道这份伤害是源于他们的无知,你什么都没有做错,就可以了。等他们长大后,一定会为自己曾经犯过的错而感到羞愧。因为他们终有一天会做爸爸妈妈,会有自己的孩子,会担忧、恐惧自己的孩子被同学如此对待。
> ——苏锦瑟,国家二级心理咨询师   **page · 144**

> 我知道,虽然您在外地,但我们心心相印。其实,分别只是为了更好的相遇。所以,我愿意一直期待您的归来。
> ——宋佳禾,13岁,初一   **page · 149**

> 人间最美的情感就是爱,爱会让我们心生力量,爱会让阴霾散去,爱会指引方向。所以,妈妈的爱滋养你成为一个内心有光、有善、有向往、有能量的孩子,你像是我喜欢的白百合,清雅纯净地存在着,放在哪一处,都是美丽的风景。
> ——李梓,家庭教育指导师,心理健康辅导师   **page · 152**

夜晚，我依偎在奶奶身旁，数着离过年还有多少天，离你们回来的日子还有多远，你们过年能在家待几天。数着数着，又一次潸然泪下。
——孙鹏瑶，11岁，五年级　　　　**page · 157**

亲爱的孩子，你知道吗？其实你的妈妈一直就藏在你的心里呀！你所有的开心和烦恼她全部都知道，因为她就是你心中最坚定的信念啊！
——纪丹迪，歌手，公益活动热心人士　　　　**page · 160**

唉，钱真的好美，我的父母已经被迷住了，你们真的在意我这个女儿吗？
——王宁　　　　**page · 163**

你的爸爸妈妈并不是不想陪伴你，他们只是选择了另外一种帮助你生活得更好的方式，我想，你一定可以从内心深处理解他们的苦衷。孩子，你知道吗？现实往往和遗憾交织，很难圆满。所以，抱怨是没有用的，我们不妨用抱怨的时间和精力努力学习，用知识和能力来改变自己的命运。有一天，你的命运不同了，一切就都不同了。
——刘称莲，著名家庭教育专家，高级家庭教育指导师　　　　**page · 166**

在盼望您到家的时候，我的心里无比激动与高兴，但当看到您时，又觉得好生疏。这几年的分离让我不敢在您面前撒娇，只敢远远地看着您。
——袁艺萌，13岁，初一　　　　**page · 170**

好孩子，你要勇敢地表达对爸爸的爱，在任何有机会表达的场合、任何时间，用电话、用书信、用一切方式多对爸爸说我爱你，多主动地勇敢地去拥抱爸爸……
——韩立群，河北省总工会副主席，中国古典文学博士　　　　**page · 172**

> 我又一次掰着手指头数过了一百三十二个日夜，期待着和你早日团聚的那一天。我想，你也有和我一样的思念，因为我们母女连心啊。
> ——张才华，12岁，六年级
> page · 175

> 看了你给妈妈的信，阿姨很感谢你，感谢你给了我一次触动心灵的机会。你信中的一行行文字，一遍遍地湿润了我的眼角；你信中的每一言每一句，一阵阵地扣动着我的心扉。
> ——沈琰，良店发起人、CEO，正和岛温暖部落联席秘书长
> page · 178

> 爸爸，您对我的好我都知道，一直都知道。
> ——张存鑫，13岁，初一   page · 182

> 我想，你的爸爸定是希望你平安快乐地长高、长大。虽然他和妈妈外出打工，不常在家，但亲情这座"山"一直在你的生命中。他们在那里，不离不弃。
> ——蒙晓梅，乡村教师，2019年全国道德模范
> page · 184

> 妈妈，为什么别人都可以有自己的父母在家陪伴，而我却没有呢？每当我看见别人一家人走在街上的时候，你不知道我有多么的羡慕。我多么希望您和爸爸能回来陪伴我们。
> ——张涵，11岁，五年级   page · 188

> 我深深地理解你对妈妈这样的感情，那是每个人生来就有的对母亲的依恋。同时，我也感到，虽然由于生活所迫妈妈不得不与你分开在外打工，但是你是幸福的，因为妈妈是那么的爱你，我从你的字里行间都能感受到那份沉甸甸的爱。我也相信妈妈的爱会伴着你一生，是你勇敢前行的力量。
> ——张娜，北师大心理学博士，中科院心理研究所特聘专家
> page · 190

一想到你们过几个小时就又要出去打工了，这一走，就得一年见不到，我怎么能睡得着呢？

——张红怡，13岁，初一　　　　　　　　　　page · 193

作为一个母亲，我很欣慰也很心疼。欣慰的是你懂爸爸妈妈的不容易和苦心，没有因为长时间的分离而和他们在感情上疏远，懂得体谅大人的难处；心疼的是，你把难过和无助都自己一个人默默扛了。

——董颖，婚姻家庭（高级）心理咨询师，婚姻与家庭杂志社主编

page · 196

你们没日没夜地工作，也都是为了这个家，为了让我过得更舒服些，我能抱怨什么呢？……爸爸妈妈，我知道我应该坚强、应该独立，可是，再坚强、再独立的人也有脆弱的一面。

——张慧宇，12岁，六年级　　　　　　　page · 200

父母都是最爱我们的人，最关心我们的人。所以慧宇，你的爸爸妈妈可能不善于去表达对你的爱，他们的一句"你喜欢什么就买什么"，恰恰是爱你、关心你的表现啊。他们质朴善良，觉得满足你的所有愿望你就会开心、会快乐。你也一定要如他们所期望的那样，做个快乐幸福的孩子。

——矫丹红，婚姻与家庭杂志社产品运营专员　　　　page · 202

您对我的爱是一本永远让我回味的书，您就是那不署名的作者。尽管您已外出打工多年，但您对我的谆谆教诲，女儿一直铭记在心。

——张荣涵，13岁，初一　　　　　　　　page · 206

妈妈温暖的能量一直陪伴着你，而你充满爱的能量也一直陪伴着妈妈，这个能量每一天都在，并且还因为彼此的牵挂而日益浓郁。其实你一点也不孤单，反而还很幸福，你感觉到了吗？

——如如，直创思想创始人，现代教育集团董事长　　page · 208

> 您转身离开后，我的泪水就如夏日里的暴雨来得措手不及。为了不让您看见，我躲在了门后。直到您走远，我才哭出声来……
> ——张元春，10岁，四年级　　page · 211

> 我也是个母亲，当我看到你写的"母行千里女思念"时，百感交集，有感动、有遗憾、有欣慰。我感动的是你这么小的年纪便已经懂得心疼妈妈、担忧妈妈；遗憾的是这么懂事的孩子，妈妈却不在身边，让你的童年有了一些缺憾；欣慰的是，即便妈妈不在身边，你依然成长得那么好，你的世界里没有抱怨，只有理解。
> ——陶真，著名家庭教育专家　　page · 214

> 妈妈，今年我都十五岁了。您还没来得及见证我的成长，我都已经长大了。
> ——祝俊芳，15岁，初三　　page · 217

> 孩子，锦瑟华年，不需要枉自嗟叹，带着妈妈的爱，带着爷爷奶奶的爱，乐观向上，坚定向前，学会独立，学会成长，美好的明天，在向你招手！
> ——徐炳倩，北京教育学院朝阳分院附属学校教师　　page · 220

> 我怕放学时下雨，我怕深夜里打雷。泥泞道路，真的很难走。书包太沉重，压痛了我稚嫩的双肩。
>
> ——陈旭娇，11岁，五年级

妈妈，
您好吗？
为了让我生活得更好，
您不辞辛苦外出务工，漂泊远乡。

妈妈，
我昨晚又梦到您慈祥的模样。

妈妈，
多抱抱我好吗？

妈妈，
多陪陪我好吗？
您不在时，
我真的好无助，好孤单。

我怕放学时下雨，
我怕深夜里打雷。
泥泞道路，真的很难走。
书包太沉重，
压痛了我稚嫩的双肩。

妈妈，
归来吧。
院里桃花又开了，
门前枯柳又绿了，
奶奶新生了许多白发，
爷爷的脚步依旧蹒跚。

妈妈，
归来好吗？
陪我过个六一儿童节吧。
老师说，
我的舞跳得特别好看。
看到同学在爸爸的背上熟睡，
看见伙伴在妈妈的怀里娇嗔，
我也好祈盼您的爱护，
祈盼您的陪伴。

妈妈，
归来吧。

陈旭娇

别让我幼小的心灵,
承受太多的别离。
别让我清纯的眼神里,
布满人间的冷暖。
用您那宽厚的手掌,
抚慰我心灵的伤痛。
用您那火热的情怀,
温暖我梦中的笑靥。
给我一个充满阳光的童年,
给女儿一个明媚的春天。

大自然也要经过
冬天的寂寞，
才能迎来春天的明媚，
人生又何尝不是如此呢？

蒙曼

北京大学历史学博士
全国妇联兼职副主席
中央民族大学历史文化学院教授
中央电视台《百家讲坛》主讲人
《中国成语大会》《中国诗词大会》点评嘉宾

陈旭娇小朋友：

你知道吗？你写给妈妈的诗，兜兜转转，来到了北京，来到了我的面前。你的诗写得真好，我一下子就看进去了，而且，还产生了好多好多的想法，跟你分享一下吧！

1、妈妈的工作

你在诗里说："妈妈，您好吗？为了让我生活得更好，您不辞辛苦外出务工，漂泊远乡。"旭娇，你真是一个懂事的孩子，想念妈妈，也体谅妈妈的辛苦。妈妈若是知道了，心里一定会觉得特别温暖吧。可是，正如你在诗中表达出来的那样，你期盼的，并不只是物质上的"更好"，你还希望在精神上也可以更丰富，更有爱，所以，你才希望妈妈回家。"用您那宽厚的手掌，抚慰我心灵的伤痛。用您那火热的情怀，温暖我梦中的笑靥"，哪怕家里的钱会因此更少一些，你也希望妈妈能够在身边，是不是这样呢？我特别理解你的期盼，可是，你想过吗？妈妈在外面打拼，除了想要让你生活得更好之外，可能还有她自己的梦想和追求吧？比如，妈妈上学的时候喜欢动漫设计，可是，这在你的家乡，一时还没有用武之地呢！或者，妈妈是一个特别爱热闹的人，喜欢工作的时候能和伙伴们一起奋斗，工作之余也能和伙伴们一起嘻嘻哈哈，可是，这样热闹的生活，在你的家乡，一时也难以实现。怎么办呢？妈妈一方面是你的妈妈，但是，另一方面，她也是一个有追求、有热衷、有惧怕、有不甘的独立个体。她也许和你一样，并不只是看重金钱；她也许和你一样，期盼着人生多方面的圆满。她爱你，也爱生活，你能理解吗？

2、妈妈和爸爸

旭娇，你在诗里说："我怕放学时下雨，我怕深夜里打雷。泥泞道路，真的很难走。书包太沉重，压痛了我稚嫩的双肩。"我听了，都觉得心疼，何况是你的妈妈呢？你还说："奶奶新生了许多白发，爷爷的脚步依旧蹒跚。"你们这二老一小的生活，真的不容易，难怪你会在诗中一遍遍地呼唤着妈妈，让妈妈回家。可是，旭娇，你想过吗？为什么在面对老人和孩子，面对生活的困境时，我们总是在找妈妈？旭娇，爸爸是不是也应该知道这一切，面对这一切？我们中国传统的社会分工是"男主外，女主内"，所以，遇到家庭问题的时候，我们至今还习惯性地认为，这是妈妈分内的事，应该由妈妈来解决。即使如今的妈妈已经和爸爸一样在外面工作了，我们还是希望，当家庭和工作发生冲突的时候，妈妈应该做出牺牲，以家庭为重。可是，旭娇，今天的社会环境已经改变了，妈妈和爸爸一样，都有社会和家庭的双重身份，而且，这样的双重身份，也保证了妈妈生活的平衡和尊严。如果只让妈妈回来承担家庭角色，妈妈会不会觉得不安？或者，爸爸会不会因此忽略了自己的家庭责任，以至于无法享受家庭的快乐？旭娇也是个女孩子，日后长大成人，结婚生子，你会怎样安排自己的家庭生活呢？

3、家在哪里

旭娇，我相信，你其实期盼的是和爸爸、妈妈生活在一起，让他们看你跳舞的模样，让他们和你一起过六一儿童节，让他们知道你小小心灵的每一次波动，让他们分享你点点滴滴的成长。可是，怎样才能实现这最质朴的愿望呢？你现在给出的答案是让妈妈回家。可是，我们都知道，就算妈妈回来了，如果爸爸不回来，家仍然是不圆满的吧？或者，就算爸爸妈妈都回家，若是家乡没有满意的工作可做，生活仍然是不圆满的吧？所以，旭娇，也许我们需要再多想想。比如，是不是可以跟爸爸妈妈协商一下，让他们带上你，到他们工作的地方去？在远离故乡的地方上学、长大，可能有许多艰辛，但是，一家人在一起，应该有更多克服困难的办法和力量吧？再比如，能否让爸爸妈妈多了解一下家乡的创业条件和就业市场？若是有适合妈妈或者适合爸爸的机会，回乡就业创业，也许是一个新的希望。或者，实在不行，就多和爸爸妈妈沟通，勤视频，常写信，用心灵的亲近缩短地理的距离。你说"院里桃花又开了,门前枯柳又绿了",你真是一个充满着诗意的孩子呀。先默默地品味大自然的荣枯变化吧,大自然也要经过冬天的寂寞,才能迎来春天的明媚,人生又何尝不是如此呢?

旭娇,你受苦了。国家的发展还不平衡,东部和西部、城市和乡村都还有非常大的差别,这才让你的爸爸妈妈背井离乡、外出务工,也让你小小年纪就饱尝离别之苦。可是,党和国家也正在努力解决这个问题,西部大开发、社会主义新农村建设、精准扶贫等,都是为了解决这些问题所做的努力。

旭娇,和爸爸妈妈一起,和祖国一起,和时代一起加油吧!我相信,你一定可以从容面对眼前的困难,赢得光明的未来。旭娇,加油!

蒙曼

10月31日

你们已经错过了我的童年,难道也要错过我的青春吗?

——陈柳伊,13岁,初一

亲爱的爸爸妈妈:

你们最近还好吗?我想你们了。

从小到大,十三年了,基本都是爷爷奶奶在陪我。每当你们从外面回来,我就特别高兴,和你们在一起就是我最快乐的时光,可美好的时光总那么短暂。还记得小时候,每次你们要走时,我都会哭得很厉害,都会求你们不要走,但最后都是无济于事。我知道,你们想要照顾这个家,还想努力挣钱,可我真的想和你们在一起,我也想每天享受父爱、母爱。每当我看到别的孩子和自己的爸爸妈妈在一起,我就特别羡慕。我羡慕他们能和父母一起走在上学、放学的路上;我羡慕他们能依偎在父母的怀里撒娇;我羡慕他们能无时无刻不享受着父爱、母爱;我羡慕他们和父母在一起做的每一件事。

曾经有多少次,我对你们说:"爸爸妈妈,你们回来吧,好不好?"被我求得没办法时,你们就会说:"好,过段时间我们就回去了。"天真的我就会怀揣着这份期待等待着。可到了约定的日子,我却遗憾地发现,原来这只是一句哄人的谎话。

我一天天地长大,也渐渐地学会了对你们多些理解。当你们将要离开时,我不再哭泣,而是笑着送你们离开。我也不会再苦苦哀求你们回来,即使再向你们提起,也仅仅是以玩笑收场。我以为我长大了,可在某个时刻,又会特别想你们。回想起自己的童年,却并没和你们有太多的回忆,不免会心酸，也曾偷偷流泪。

　　我渐渐懂事，能体会到你们在外打拼的不易，所以，我只想努力学习，取得好成绩，不让你们为我担心。我就凭着这样的念头，一次次取得好成绩。每当听到你们的笑声与夸奖，我就特别开心。我知道，你们对我的期望很高，所以，我一定不能让你们对我失望。

　　生活留给我们许多遗憾，以后和你们相处的时间会越来越少。你们已经错过了我的童年，难道也要错过我的青春吗？但我会把这些遗憾转化为源源不断的学习动力，我会不懈地努力的！

　　爸爸妈妈，我可以自豪地对你们说："我会懂事的，你们不用担心我。"

　　最后，希望爸爸妈妈工作顺利，平平安安，天天开心。一定要照顾好自己！

你们的女儿：陈柳伊
6月14日

陈柳伊和爷爷奶奶

> 家乡田野上的每一棵树都在见证着你美丽的成长，它们如同父母的眼睛，每天注视着自己的孩子。

保冬妮

著名儿童文学作家
中国作家协会会员
资深编审、出版人
中国家教学会早教专业委员会理事
原创绘本课程专家
儿童心理工作者

伊伊：

你好！

当你收到一个不认识的儿童文学作家写给你的信的时候，炎热的夏季早已过去，暑假结束了，你又升高了一个年级，成为读初中的美少女了。家乡田野上的每一棵树都在见证着你美丽的成长，它们如同父母的眼睛，每天注视着自己的孩子。呼啦啦欢唱的树叶是他们在赞叹着自己女儿的坚强，哗啦啦吟唱的小河是他们在祝福着自己女儿的未来。尽管，你从婴儿到少年都留守在故乡，与父母被迫分离，但我相信，你的父母每一天都在遥远的他乡眺望着自己的孩子，希望你每一天都平安、快乐。

看了你写给自己父母的信，我想了很多。你从小和父母分离，父母因生活所迫，背井离乡外出打工，常年在外很少回来。而我出生、居住在北京，我的妈妈陪我长大；当我也成为一个女孩的妈妈的时候，我和丈夫、女儿一起度过了很多共同成长的时光。比起你来，我和我的女儿伊佳拥有太多的幸福，我们一起读书、一起画画、一起做饭、一起旅行，也在尝试把自己所拥有的幸福分享给更多的孩子和家庭。我们写书给孩子们，在书中和陌生的孩子、父母交流，我也非常想寄给你很多很多你这个年龄段的必读书。在安静的傍晚，也许你可以坐在家乡的大榕树下，我们在书中一起聊聊天，一起讲述你父母没有机会和时间跟你讲的、但是应该让你知道的一切。

在这个世界上，所有的孩子都无法选择父母，也无法选择家庭，但是伊伊，你可以选择自己的快乐和未来。

对于从小缺失父母陪伴的孩子来说，唯有自己坚强、向上，努力地适应这个世界带给幼小的你的一切困难，才能找到生命的意义。

别的同学和小朋友有了困难和问题，可以向身边的父母诉说和求教；而你只能在心里反复地问自己，用真切得几乎有些疼痛的一次次的挫折、失败、痛苦去战胜困难、找到答案。

爷爷奶奶年纪大了，确实无法代替爸爸妈妈的角色，也无法在所有问题上帮到你。但是伊伊，一定记住：他们已经尽力给了幼小的你最大的爱，给了你能遮风避雨、能吃饱穿暖的家，也许他们不能令你十分满意，但是他们值得你永远的爱与尊敬。

我特别担心的，第一是你的安全。从小你没有父母在身边呵护，可能妈妈都没有来得及为你讲述一个女孩子的自我保护是多么的重要。

从婴儿时代开始，我们女孩子就有自己的隐私和小秘密，所有内衣遮蔽的地方，都仅仅属于我们自己，任何人不能违背我们的意志去触碰它。一旦有人胆敢去违背我们的意愿，我们要勇敢地说："不，请你走开！"

你已经十三岁了，开始进入了生命的"花蜜期"，有不少讨厌的"马蜂"会飞来骚扰你。伊伊你要自己警惕起来，躲避那些爱占便宜的人，这里不仅仅指男生的侵犯，或许也会有女生的侵犯。首先你要学会珍惜自己、爱惜自己、保护自己。一个人放学回家，最好找同学一起走，不要自己走夜路，也不要一个人行走在庄稼地和密林里。因为一旦遇到不测，这些地方因为视线不好，想援救你的人都不容易发现你。不要跟陌生人走，尤其是去往你不熟悉和不认识的地方，尽量避免与成年异性的单独相处，包括同村的人或者学校的老师，一旦发现他们的眼神不对或语气令你不舒服，一定离开、跑开，走到人多的地方或人群、同学当中去，这样才能让你避开危险。

其次，我也很担心你的健康。小女生也要注意营养和卫生。妈妈不在身边，很多事都不能照顾你，你要早些学会爱惜自己。

早晨上学前一定要吃早饭。如果家里有条件，早餐吃一个鸡蛋，蛋白质能保证你上午学习精力集中，更好地记住老师讲的知识。小女生每天必须养成清洁身体的好习惯，如果没有洗浴的条件，可以给自己预备一个小盆，烧开水、放温，专门洗身体的私处，而这个盆不能洗脸洗脚，避免细菌的交叉感染。每天换洗内裤，放在通风的地方晾晒，为此，你至少要准备三四条小内裤。

不知道你是否已经来月经了,女孩子在十三岁左右都会来月经,这标志着女孩进入了最美丽的时期,你要为自己准备一些卫生巾、卫生护垫来应对身体发生的生理期变化。月经每月都会按照周期发生,月经期间更要注意私密处的卫生。卫生巾一定是洁净的,用的卫生纸也要注意,不要用已经被污染过的。用过的卫生巾,尽量卷起来装进每一个小包装的塑料袋里,封闭地扔掉是一种文明。而这期间,注意不要喝冰水,不要用凉水洗脚,注意保暖。因为这个时候免疫力会降低,有的女孩子甚至会因为腹痛而不得不去看医生。但是大部分女生,生理期并不是病态,而是一种日常的周期性改变。刚开始,月经周期也许没有那么准时,但是大多数女生来月经一段时间后,就会变得比较有规律了。若再长大些还没有月经来临的现象,说明身体发生了异常,一定要去看医生的。所以伊伊,妈妈不在身边,你可以准备一个自己私密的小本本,专门记录每月几日来月经,几日结束的。因为这是自己的生理周期,去医院看医生,医生也会问我们女生的这些资料,所以,一定要精心照顾好自己,不要连最重要的自我私密数据也不掌握哦。

回信里,和伊伊说了这么多,是因为我要先拣生命中最重要的说。除了安全和健康,其次才是学习。因为没有安全和健康,学习再好,也是没有意义的。我代替妈妈为你补上这些知识,因为这不是小秘密,而是对每个女孩来说太重要的一些知识。我也知道很多留守在家的女孩子,因为不懂这些,妈妈也没有交代过,长大后对自己的身体一无所知,结果造成了很多遗憾,甚至受到伤害,生命不该有的悲剧发生了。

我想,伊伊是零零后的新一代乡村少女,我们有文化、有知识、有抱负、有愿景,我们一生需要自爱、自信、自强、自尊。我们了解自己,我们也对父母宽怀。在这个巨变的年代里,我们和父母一起努力着、微笑着、阳光地、坚强地去面对平凡生活里并不简单的每一天。

我盼望能得到你的详细地址，我会给你寄去很多很多的书，非常有意思的书；我们还可以互相写信，畅谈你想知道的一切；我也期待有一天我们能见面，或许会像老朋友相见一样，彼此讲述更多有趣的秘密。

　　祝你生活美好！学习进步！

你的作家朋友：保冬妮
9月3日

> 老师说：自己的未来掌握在自己手里，只有不断进取，才能有所作为。
>
> ——段亚辉，10岁，四年级

亲爱的妈妈：

您好！

当您打开这封信的时候，不知道会不会感到意外？会不会感到开心？我的这封信会不会影响到您和您的新家庭呢？

妈妈，我想告诉您，我现在已经是小学四年级的学生了，姐姐已经上七年级了，我学习刻苦，成绩优秀，老师和同学们都经常夸我呢！我认识了许多好伙伴，和他们相处得很好，但我还是觉得生活中缺了点什么。自从我五岁那年您离开我，到现在已经整整五年了。那时我还小，经常哭着喊着想找妈妈。梦里也时常哭醒，想您和爸爸。爸爸工伤去世后，您也离开了家，爷爷奶奶经常掉泪。看到他们悲伤的神情，我和姐姐也很难过，我们俩暗暗下定决心，要听爷爷奶奶的话，帮助他们做一些力所能及的家务，要懂事乖巧，不向他们提无理要求。

我和姐姐知道我们和其他孩子不一样，没了爸爸妈妈。我们也知道爷爷奶奶他们心里苦，家里生活困难，他们俩起早贪黑辛苦干活，照顾我们，照顾这个家。看着他们这样劳累，我们想要是有爸爸妈妈在身边该是多么幸福的事呀！妈妈，我好想您，想爸爸。今年的母亲节，老师布置一项任务，让我们回家感恩母亲，为亲爱的妈妈做一件事。我特别想您，我想为您做件事，可是我只能看着我们那时的全家福，看着您和爸爸那幸福的笑容，看着看着，心里酸酸的，我哭了。我只能给您写封信，来表达我的思念之情。

段亚辉和奶奶

妈妈不用担心我的身体，我已经长到150厘米了，爷爷奶奶非常疼爱我们，好东西都尽着我们吃，逢年过节也会改善生活。爷爷的腿虽有不便，但身体还算硬朗，每天都接送我上下学，风雨无阻。他的低保和爸爸的抚恤金都用在了我们家最需要的地方，我从不要玩具、不要零食、不要新衣服，我从不和同学攀比，因为我知道我和他们不一样。每当有同学在我面前吃零食时，我都找借口赶紧跑开，不然我还真担心我的口水会流出来呢！哈哈！

妈妈，您组建了新家庭，我不记恨您，因为奶奶说您还年轻，要有自己的生活，不能一辈子待在我们这样的家庭里。我虽然不太懂，但知道妈妈您也很为难，是下了很大决心才离开我们的。现在想想小时候的淘气、不懂事，真是不应该。妈妈您放心吧，我会加倍努力学习的，老师说：自己的未来掌握在自己手里，只有不断进取，才能有所作为。我一定不辜负爷爷奶奶对我的期望，我要好好学习，将来考上好的大学，找一个好一点的工作，来报答他们的养育之恩。到那时，我也一定会去找您，让您看看让您骄傲的儿子，嘻嘻！

妈妈，我好想您，希望您过得幸福！祝您身体健康，开心快乐！

您的儿子：段亚辉
6月5日

> 这个世上，没有完美的家庭，没有完美的父母。父母把我们带到这个世界，就完成了他们的使命，其他的都是额外的礼物。

海蓝博士

知名教育博主
中国抗挫力训练总设计师
儿童心理教育专家
美国医学博士后
美国国家资格心理咨询师

亲爱的亚辉：

你好！

看完你的信，我深深地被感动，真想紧紧地把你抱在怀里。你小小年纪，就如此善解人意，从你的信中，我感受到你对爸爸妈妈和爷爷奶奶都充满了爱和感恩，我相信任何一个妈妈看到这样的信都会发自内心地感到欣慰和为你感到骄傲。

我看到你是一个懂得感恩的孩子！

我也看到你是一个充满智慧和懂事的孩子！

我还看到你是一个小小年纪就有非常清晰的目标和有责任有担当的男子汉！

我真的觉得你特别了不起！对你的成长充满信心！

每一个孩子都渴望沐浴在妈妈的呵护、鼓励与怀抱中，你说你和姐姐与其他孩子不一样，因为没有了爸爸妈妈。但海蓝姥姥告诉你，我们人其实有两次出生，一次是从妈妈的肚子里生出来，还有一次就是自己做自己的妈妈。你知道吗，你可以像妈妈一样关怀自己，比如你可以像妈妈一样抱着自己或者把手放在胸口，想象妈妈的爱就像一束阳光一样轻轻地洒在你的身上。

海蓝姥姥也愿意做你的好朋友，我想送你三样"宝贝"，陪伴你度过孤单难过的时刻。

第一个宝贝是"神秘乐园"。

什么是神秘乐园呢？

你想妈妈的时候，你受委屈的时候，你伤心难过的时候，都可以轻轻闭上眼睛，然后想象自己像一只鸟一样慢慢地飞出去，飞到一个你向往了很久很久的美丽的地方，这个地方叫神秘乐园。

这个乐园只属于你，没有任何人可以进得去。这个乐园也许是一个小木屋，也许是草原，也许是大海，也许是湖泊，也许是森林，总之是一个你非常非常喜欢，让你一进去就感到内心宁静的地方。这个地方只有你自己有钥匙，你想什么时候进去就什么时候进去，而且，没有你的允许，任何人都无法进去。

在这个乐园里面没有人批评你，没有人指责你，也没有人觉得你在任何地方是不完美的。在这个地方你不需要做任何你不想做的事情，在这个地方你自由自在，无条件地被接纳，你感到完全地被尊重、被喜欢、被肯定，在这个地方你心里充满了自信，感到生活的无限美好。

在这个地方有你喜欢的一切一切。有你喜欢的动物，小猫、小狗、小兔子或者其他的动物，在这个地方你可以按照自己的意愿放置任何你喜欢的景物，你可以任意决定把东西放在自己想放的地方。仔细地看一看：你的神秘乐园都有什么样的树木，有什么样的花朵，有什么样的水，有什么样的动物，还有什么人。如果你把它画在一张纸上，你会用什么样的颜色来描绘你的神秘乐园。这是一个你能够从头到脚，每一个细胞都可以完完全全放松的地方，是一个你能够感到绝对的安全，没有任何人打搅你的地方，这就是你的神秘乐园。

想象一下，在你疲惫的时候，你会在这个神秘乐园的什么地方放松自己？在你难过的时候，你会在这个神秘乐园的哪一个角落释放自己的悲伤、难过？当你非常害怕的时候，神秘乐园的哪一个角落让你感到安全？当你非常生气的时候，神秘乐园的什么地方让你怒气消散？

当你觉得心情变好了，可以慢慢睁开眼睛。要记得，这是你的神秘乐园，你随时可以进去。

你也可以把神秘乐园写下来或是画下来看看，你的心情会有什么变化？你的身体会有什么感受？你也可以分享给你的小伙伴。

接下来，海蓝姥姥送你第二个宝贝，你不仅有"神秘乐园"，你还有"智慧老人"。

你可以闭上眼睛，继续回到你的神秘乐园。在神秘乐园的深处，你看到一个小木屋，推开门进去，里面坐着一位白发苍苍的智慧老人，可能是你的爷爷奶奶、外公外婆、爸爸妈妈，或其他你觉得智慧的人。你走到他面前慢慢坐下来，看着他。他完完全全地了解你、接纳你，希望你一切都好。他知道你在什么时候需要什么，他最懂你、最爱你。

如果你心里有疑问、有困惑可以问他，他理解你所有的心情和苦衷，他是一个在任何时候你都可以坐到他面前跟他交谈的智者。看着这位智者，他的神态，他的眼神，感受他对你的态度，你可以跟他有一个交流，把你心中近期的疑惑或者不确定告诉他，听听他对你说什么，听听他怎么引导你，听听他对你问题的回答。

也许你有困惑，也许你没有，如果没有问题的话，就在他身边感受温暖、宁静、支持和爱，这是你的心灵乐园，这位智慧老人是你的智者，这是一个知道你所有困惑、能给你答案的智者，他一直在那里等你。

当你觉得合适的时候，你可以站起来，跟你的智慧老人告别。漫步在神秘乐园里，走到神秘乐园门口，然后慢慢变成一只小鸟，慢慢地飞回来，从窗外飞回到你所在的房间，轻轻地睁开眼睛。

亚辉，你可以把你的智慧老人写下来或是画出来，你的智慧老人对你说了什么，做了什么，送了你什么礼物？当你和你的智慧老人在一起的时候，你的感受是什么，心情如何？

这两个练习，海蓝姥姥也录制了音频，我分享给你，你方便的时候可以收听。你也可以请你的老师帮你录下来收听。

亚辉，海蓝姥姥还有第三个宝贝送给你：最好朋友的来信。

想象你有一个最最要好的朋友，每当你有困难的时候，他都会来帮助你，他会给你写一封信，比如你想妈妈的时候，他会给你说什么呢？

或者你也可以想象一下，如果是你最好的朋友遇到这样的情况，你会对他说什么，你会怎么帮助他呢？给他写一封信。然后你可以像对待最好的朋友一样对待自己，把这个朋友的名字换成自己，读一读你给自己的这封信。

亚辉，最后，海蓝姥姥对你有两个邀请：

第一个邀请：每天记得写感恩日记。每天起床，带上感恩的心和发现美好的眼睛去发现和记录让你感恩的人和事儿，包括大自然的花草树木，全部写下来；你也可以回顾一个让你特别感恩的人，仔细想想在什么地方，什么季节，什么情景下，他做了什么，说了什么，对你有很大的帮助，然后给这个人写一封感谢信。如果可以，发给他（她），并在日记里记下你写完信的感受。

第二个邀请：每天去做一件小事帮助别人。比如帮老师擦黑板，帮爷爷奶奶洗碗，帮同学辅导作业，帮助迷路的小狗回家，等等。每天把你帮助他人后的心情和感受写下来。

你愿意的话，也可以把你的感恩日记和助人日记分享给海蓝姥姥，我们的邮箱是：caoyw@hailanxfj.com。

你知道为什么感恩和助人这么重要吗？

如果心是田野，各种难过、不满就是杂草，感恩就是种植花果树木。当花果树木充满心田，就自然会有满园的万紫千红、硕果累累，而杂草也终将会转化成养料，滋养花果树木。生命美好、充实、丰富的底色是感恩，感恩一切的发生，特别是事与愿违的事情的发生。亚辉，让我们一起用感恩培育充满美丽、温暖、幸福的心田。

如果盯着黑暗，就看不到光明；盯着问题，就会经常感到烦恼；盯着没有的东西，就会永远感到匮乏贫穷。所有的困扰，不是因为发生了什么，不是因为别人说了什么，做了什么，而是我们一直盯着什么不放，我们给自己编的故事是什么。化解黑暗的方法是引入光明，快乐幸福的最大秘诀是帮助他人，尤其在你情绪低落的时候去助人，你会发现其中的奥秘。

亚辉，海蓝姥姥告诉你：越感恩，越会有让你值得感恩的好事发生。

越帮助别人，越快乐，越富足。

亚辉，每个人的一生都不容易。这个世上，没有完美的家庭，没有完美的父母。父母把我们带到这个世界，就完成了他们的使命，其他的都是额外的礼物。

亚辉，无论发生什么，你永远要记得：你的内心充满了智慧、力量和爱，这些可以帮助你跨越一切的困难。困难是暂时的，而爱是永恒的，困难无法阻挡爱，就像乌云终究遮挡不住蓝天。

祝你健康成长！

爱你的海蓝姥姥
10月9日

其实，我要的很少。

————刘欣芳，13岁，初一

亲爱的妈妈：

您好！

依稀记得，在我一岁时，您和爸爸为了养活这个家，不得已背井离乡外出打工，抛下三岁的姐姐和一岁的我与爷爷奶奶相依为命。从小我就缺少父爱与母爱，在我的记忆当中，只有爷爷奶奶哄我入睡、喂我吃饭的情景，从来没有过您。

妈妈，您知道吗？在我六岁时，我曾拽着姑姑的衣角叫妈妈，苦苦哀求不让她走，我误认为姑姑就是您，我以为您舍不得我，又回来了。但是，我的以为终究是错的。我曾好几次想念您，边哭边喊着妈妈，在空荡的院子里寻找您那温暖的怀抱。可为什么我找不到您了，您是不是不要我了？您是不是因为我淘气才走的呀？那，那我以后再也不淘气了，我保证以后做个乖孩子，再也不惹您生气了。妈妈，妈妈，您怎么还不回来呀？我好想您呀，您快回来吧！

多少个日夜我缩在被窝里偷偷哭泣，我总是把我的思念隐匿在心里，不让人察觉。我怕我哭得一发不可收拾，我怕您讨厌哭泣的我，我怕，真的好怕，怕您再也不要我了。但我是您的孩子，自幼生性乐观，遇到困难，我不会在原地徘徊，不知所措，而是想方设法地迈过这个坎儿。即使别人说我坏话，对我指指点点，我也不会生气，谁让他们不了解我呢？毕竟这世间万事，并不总是顺畅的，唯有自己打拼，才能铸就辉煌。妈妈，听了这些，您高兴吗？您还会回来吗？您舍得丢弃我吗？

时间真好，使我忘却那浓浓的忧伤。如今，我已步入初中，懂得将心比心，懂得如何自理，懂得孝敬父母，懂得……可是，我很无奈，父母不在身边，谈何孝敬父母？如今，我已不是当年那个哭哭啼啼的小女孩，生活逼着我长大，使我蜕变成一个懂事的孩子。亲爱的妈妈，我真的长大了好多好多……

其实，我要的很少。我只希望，在我伤心难过的时候，有一个能够依靠的肩膀；在我收获成功的时候，有一个能和我分享喜悦的人；在我跌倒的时候，有一双可以扶我起来的手。

祝您：天黑有灯，下雨有伞！

您的女儿：小欣

6月10日

刘欣芳和奶奶

> 未来，你总要长大，总要自立，总要离开父母。必须靠自己！

鞠萍

央视著名少儿节目主持人
现任少儿频道节目部主持人组组长
《大风车》栏目执行制片人
《大手牵小手》栏目制片人

刘欣芳同学：

你好！

我是电视里的那个"围裙妈妈"，我叫鞠萍，在电视里主持节目。看了你的来信，我很感动，你是个懂事的好孩子！从信中我知道了你的生活和学习情况，更了解了你的内心！

相信你在班上是个品学兼优的好学生。虽然你没有说，但我能感觉出你是老师喜欢的学生，热情开朗，学习成绩一定不错，不然怎么会想着与父母分享呢？

你从小和爷爷奶奶共同生活，是他们把你辛苦养大。当看到你六岁时把姑姑叫成妈妈，我都流泪心疼你了。但是，你也要理解，父母外出打工是为了什么。其实都是为了这个家，为了你们在未来有更好的生活、学习条件。

你已是一名中学生，越来越懂事，现在你最应该做的事情就是好好学习，用好的成绩回报父母、回报长辈。只有好好学习，掌握更多知识本领，才有可能改变人生。希望你考上理想的高中，考上理想的大学，过上自己想要的人生。你有什么样的梦想，就去努力奋斗！父母最愿意看到的就是你的成长与进步。和父母通话时，告诉他们你长大了，家里都好，让他们放心，而不是总问他们什么时候回来。因为，未来，你总要长大，总要自立，总要离开父母。必须靠自己！

我想，你远离父母，和身边的爷爷奶奶肯定特别亲。他们的年龄大了，你要尽可能多帮他们做些力所能及的家务，发扬"百善孝为先"的传统美德。

社会上还有些人看不起女孩，总觉得女孩长大要嫁人，是给别人家养的。但是，你一定见过，有多少女模范、女将军、女医生、女教师……她们在自己的工作岗位上创造奇迹，贡献社会，令人刮目相看。你也一定要有她们那种追求事业的决心！加油吧！努力学习，在班里团结同学，多做公益好事，成为老师的好助手，加入中国共产主义青年团，高标准要求自己，让父母、爷爷奶奶为你骄傲，这才是你应该走的路。

你的信感动了许多人，我们将成为好朋友，我会给你寄些书和生活用品。

祝你快乐！

鞠萍姐姐

9月1日

> 从小我们聚少离多，贯穿我整个童年记忆的，是我的爷爷和奶奶。因此，和您相处的每分每秒我都格外珍惜，和您相处的每一件事我都认真地记到日记本上，生怕忘了！
>
> ——娄舒文，14 岁，初三

敬爱的妈妈：

我爱您！

每次想您时，我就给您写信，幻想着我写完信妈妈就回来了。我床头的小箱子里整齐地放着很多写给您的信，晚上睡觉时我喜欢拆开信读一读。

从小我们聚少离多，贯穿我整个童年记忆的，是我的爷爷和奶奶。因此，和您相处的每分每秒我都格外珍惜，和您相处的每一件事我都认真地记到日记本上，生怕忘了！

翻开日记本，一幅幅我们相聚时的画面浮现在眼前：

那天我生日，早上上学时没接到您的电话，奶奶也没说您回来，我心里就有点失落。妈妈，您是不是忘了我的生日？

您打工临走时对我说："孩子，你是妈的小宝贝！妈最爱你了！你过生日时我回来，嘉奖我能干、优秀的小宝贝！"我牢记妈妈的话，我是能干的、优秀的。

在家我抢着帮爷爷奶奶干家务，在学校我认真学习，帮助同学，是班上的三好学生。虽然生日前好几天我就开始兴奋，但我表面上没有流露出一点，该做什么依然都尽力做好。

今天是我的生日，妈妈却……奶奶猜透了我的心思，也没说什么。我忍不住问奶奶："妈妈回来吗？"奶奶说："她应该忙吧。"我心想：妈妈您说话不算话，我对您有点失望。

上午放学，家里很安静，本来我想也许我放学回家时妈妈已经在家等我了，可还是没看到您。我低下头，双腿发软，差点倒下，说时迟那时快，一双大手把我紧紧地抱在怀里，一股暖流瞬间流遍了我的全身。妈妈，是妈妈！妈妈在我耳边低语："宝贝，生日快乐！"我的泪水忍不住流了下来，您边帮我擦泪边亲吻我，我好幸福哟！

那时我还小，很多字都不会写，字像鬼画符一般，却在日记本上写了整整一张。虽文笔幼稚，语无伦次，可我视若珍宝，每次读着都很舒心！不知不觉中，好几年过去了，我对儿时的记忆逐渐模糊。

您在外打工时，我天天盼望您回家；您回家了，我又不知该如何与您相处。可当您拉着我的手，让我依偎在您怀里，问我："想妈了吗？"刹那间我所有的紧张与不安就都消失了，好像从未与您分开过，相处自然极了。亲情，就是这么神奇！

妈妈，我又想您了，这次给您写信是想告诉您：妈妈，在我遇到挫折时您鼓励我，在我取得成绩时您表扬我，您常给我写信指给我前进的方向。您说:"咱们谁写的信谁珍藏,可以互看!"您给我的信,大都是通过电话一字一句读给我的。

妈妈,您从未对我发过脾气,有您在我很快乐!在我心中,您是这世界上最好的妈妈,我不吝再说一次:"妈妈,我爱您!"

祝愿妈妈越来越年轻!

您的女儿:娄舒文
6月10日

> 妈妈不在身边，的确让人很难过。可是，你知道吗，世间有一种离别就是为了更好的相聚。妈妈离开你在外打工，就是为了以更好的姿态与你相聚，为了将来有一天不必再受分离之苦。

周洲

有养成长传媒有限公司创始人兼 CEO
央视著名少儿节目主持人
曾创办中国第一档儿童名人访谈节目《童年》
任《大风车》等少儿节目主持人

亲爱的舒文：

你好！

我是周洲姐姐。非常感谢你对我的信任，让我有机会看到你写给妈妈的家书，幸福地感受着你与妈妈之间那份纯真、温暖的爱。

你说贯穿自己童年记忆的是爷爷奶奶，和妈妈聚少离多。看到这儿，我的心也跟着疼了起来。你也许不知道，我除了是小朋友们的周洲姐姐，还是一个十三岁男孩的妈妈，他叫跳跳。所以，我特别能够理解孩子对妈妈的那份依赖与渴望。你一定觉得很委屈吧，如果可以的话，很想抱抱你。

让我惊喜的是，你并没有任由这份情绪蔓延，而是找到了一个很棒的方式——写信。你一定很好奇，为什么我会说写信这个方式很棒，对不对？因为在心理学上，把心里的话写下来可是一种非常厉害的法宝呢。当我们无法说出爱时，可以写下来，这是一种很棒的交流方式；当我们感到气馁时，可以把自身的优点写下来，能很好地提升自信；当我们心情欠佳时，可以把不开心写下来，给情绪找到出口。

你把对妈妈的思念写在了信里，把委屈讲出来，有没有觉得舒服一些？把思念化成诗，会不会感到轻松一些？而且，我相信，你一定写了很多对妈妈的爱，就像这封信一样。如今，你床头的小箱子里整齐地放着很多很多信，也一定装着很多很多爱吧。当我们被满满的爱包围时，心中的委屈、思念都会在不知不觉中被安抚和疗愈。就像晚上睡觉时，你喜欢拆开信读一读，便能安然入睡；就像看着记录妈妈惊喜出现的那篇日记，你每次读都觉得很舒心。

所以，舒文，你真的很聪慧。聪慧的你不仅懂得如何表达爱，还特别擅长发现小美好，去感受它、记录它，让生活充满了甜甜的味道。难怪你的妈妈会说，她的小宝贝很能干、很优秀呢！关于这一点，我举双手赞同。

我发现，聪慧的你还是个情感很细腻、有些小敏感的孩子。那次生日，妈妈差点失约，你的心情跌宕起伏，每一个小细节都牵动着你的心，看得我很心疼。有时候，这份敏感的确会让我们感觉不那么舒服。但我想和你分享的是，我们不妨将其当作一笔不可多得的财富，因为它能让我们更加真实、更加近距离地与这个世界交流。

你把每一种感受都描述得那么真实、准确，让我感同身受。这又是你让我感到很惊喜的地方。能够准确地表达自己的感受，是一种非常重要的能力。不管是学习还是工作，我们都需要合作，有合作就必然涉及交流，而交流很重要的一点就是情绪表达。很多时候，仅仅是因为一方不知道怎么表达自己的情绪，搞得另一方摸不着头脑，才出了问题。所以，我们既要学会感知自己的情绪，做到心中有数，也要学会如何让别人了解我们的情绪，做到互通有无。在这一点上，你真的做得特别好。我在想，这是不是和你经常写信有关系呢？有机会的话，欢迎和我分享下你的小秘诀呀。

舒文，虽然与你素未谋面，但透过你的文字，我能深切地感受到藏在你小小身体里的能量与智慧，为你点赞！

其实，看到你如此优秀，我就忍不住在想：是什么样的人影响你，让你成了如此有爱、有能量的人？你的妈妈是什么样的呢？虽然未曾见过她，但透过你的描述，我想我找到了答案。

你的妈妈说到做到，答应你的事，无论多难，都绝不食言，就像那场生日之约。你还小，也许还不太了解职场。作为一个工作了二十多年的过来人，我还是有些了解的。请假常常要提前很久计划，有时即便之前批了假，公司临时有安排，假期可能就泡汤了。而且，挣钱不易，往返一次的费用也要精打细算。尽管困难重重，但你的妈妈还是如期赴约，准时送上了那一句"宝贝，生日快乐！"

你的妈妈接纳你的所有，无论是失败还是成功，相信你可以做得很棒，就像那句"我能干、优秀的小宝贝"。这像极了电影《神秘巨星》里那个妈妈，她和你的妈妈一样是个普通人，但得知女儿为了音乐梦想要买电脑时，她毫不犹豫地卖掉了自己唯一的项链去支持她，不因为别的，只因为她相信自己的女儿。当看到你获得了三好学生的称号时，我知道，你和妈妈也都成为了那个"神秘巨星"。

你的妈妈很有智慧，虽然不能时刻陪在你身边，但却用写信的方式让爱在你们之间不间断地流淌。其实，看到你的妈妈和你用书信交流，我特别有感触。有一段时间，我的工作也特别忙，陪伴跳跳的时间特别少。有时候，连句晚安都顾不上说，我觉得特别愧疚。我相信，你的妈妈对你也有着同样的感受。后来，我找到了陪伴跳跳的新方式，就是写信，把想对方说的话都写下来。

你的妈妈和你各自保留着自己写的信，我和跳跳则是各自保留对方写的。虽然形式略有不同，但心意是相通的。每个妈妈在竭尽所能地爱着自己的孩子，每个孩子也在用自己的方式爱着妈妈。我知道，我的用心跳跳都感受到了，他健康快乐的成长即是答案。当他对我说我是他的英雄时，我感动得哭了。我相信，你妈妈的用心你也都接收到了，并用你的方式做了回应。我想，当妈妈看到你写的那句"在我心中，你是这世界上最好的妈妈"时，也一定会像我一样流下幸福的眼泪。

我知道，妈妈不在身边，的确让人很难过。可是，你知道吗，世间有一种离别就是为了更好的相聚。妈妈离开你在外打工，就是为了以更好的姿态与你相聚，为了将来有一天不必再受分离之苦。这让我想到了电影《岁月神偷》里的罗妈妈。家境贫寒的罗妈妈是两个孩子的妈妈，靠做鞋子养家糊口。虽然家庭遭遇了很多变故，但她一直很乐观，也一直鼓励孩子们："鞋子半边难，鞋子半边佳，难完就会佳。"你的妈妈如她一般坚强乐观，我相信，在她的努力下，她也一定会梦想成真，早日回到你的身边。

舒文，给你的回信就要告一段落了，但我们的故事还在继续。愿我们都能一直保有对美好的热爱，对生活的期待，用爱与智慧书写属于自己的幸福人生。

周洲姐姐

10 月 14 日

> 这一切一切的为什么都一直刻在我的心里，我一直想问问您答案，可总是话到嘴边了，却不敢问。这究竟又是为什么呢？
>
> ——王湘雨

亲爱的妈妈：

　　作为您的女儿，我一直想问您一些问题。您是一位妈妈，身体并不强壮，长得也不高，我现在都和您一样高了，可您却找了一份和爸爸一样的工作——粉刷。不光要出力，还要早出晚归，让我非常心疼。这到底是为什么呢？

　　我知道每一位妈妈都很爱美，当然也包括您。可您却总装作一副不在意的样子，一年只买几件衣服，还是挑最便宜的买。您对我们可完全不一样，只要一回来，就给我们买衣服，有时候在外就买了寄回来，买的衣服质量也非常好。只要我想要什么，您都会毫不犹豫地买下来。这到底是为什么呢？

　　我知道每一位妈妈都懂得享受，当然也包括您。谁打工回来不想在家里多待几天呢？可您却不一样，这次端午节，您和爸爸推掉一切工作回来了，我见到你们非常高兴，你们肯定也一样，但您只在家里待了不到两天，就匆匆离开了。我是多么不舍呀！我知道，您心里肯定也很不舍，但还是回去了。这到底又是为什么呢？

　　这一切一切的为什么都一直刻在我的心里，我一直想问问您答案，可总是话到嘴边了，却不敢问。这究竟又是为什么呢？

您的宝贝女儿：王湘雨
6月9日

> 生活给了我们很多苦难,但同时生活也给了我们很多的礼物。

王芳

知名主持人
节目制作人
畅销书作家
"好芳法课堂"创始人

亲爱的宝贝：

你好！

非常高兴能够认识你，我是主持人王芳，也是一个女孩儿的妈妈。我每年要主持很多节目，不少被采访者都是和你一样来自农村的小朋友，我很喜欢你们！

我认真地看了你给妈妈写的这封信，心中是又骄傲又心疼。骄傲的是你是一个非常懂事的孩子，很理解你妈妈的艰辛，知道心疼父母，这一点很多和你同龄的城里孩子真是做不到。其次很心疼你，你现在本该是在父母跟前尽情撒娇的年纪，但是你的父母却经常不在你身边。

其实我也有一个非常孤独的童年。我的爸爸妈妈工作很繁忙，小的时候虽然天天可以见到他们，但是他们得养家糊口，根本没有太多时间和我交流。我没有上过幼儿园，从小就是自己在院子里玩耍，也没什么朋友。当时觉得特别委屈，不过几十年过去了，今天回想起来却觉得要感谢这个孤独的童年。

我在像你这个年龄的时候，已经学会了给弟弟做饭。爸爸妈妈太忙了，我每天要自己买菜自己炒菜，十四岁我就可以做出像饭店里一样的美味佳肴。会做饭的孩子一辈子都饿不着，所以我长大以后不管去哪里，从来不为吃饭发愁。你看，我是不是应该感谢当年爸爸妈妈的忙碌啊？要不然，我可能一辈子也不会做饭。

上学以后，所有的事情都需要我自己来做决定。老师给我们讲什么东西，我必须要自己拼命把它学会了，因为家里没有多余的钱让我上补习班。在这个过程中，我还得照顾比我小五岁的弟弟，每天放学忙得团团转。不知不觉中，我有了很强的安排时间的能力，知道在学校必须写完作业，要不然回家弟弟哭闹我就完不成作业了。当时我并不觉得这是好事，总是在抱怨我的爸爸妈妈为什么不能像其他的父母那样天天陪着我，有时候还抱怨我为什么不是独生子女，为什么还得照顾弟弟。

我渐渐地发现我的能力是越来越强了。我是个远近闻名的"孩子王"，小伙伴们遇到任何问题都喜欢找我来解决。我做事从来不犹豫，因为每天事情太多，容不得我浪费时间。后来我成为一名主持人，成为一个公司的高管，也写了很多书，我觉得这些成绩都跟我年少的那一段经历有着直接的关系，真是"有钱难买少时贫"啊！

所以我特别想跟你说，虽然生活给了我们很多苦难，但同时生活也给了我们很多的礼物。就像你的那种孤独，可能就是生活送给你的礼物。要知道中国有句老话叫作"天将降大任于斯人也，必先苦其心志，劳其筋骨，饿其体肤，空乏其身"。什么意思呢？就是说老天爷要交给一个人重大的任务之前，肯定会让他经历一段痛苦，我想你现在正在经历的就是这一段痛苦的时光。

一个人出生在什么样的家庭是不能选择的，但是一个人有什么样的命运却是可以改变的。我们经常说性格决定命运，在艰难的环境中，你依然能够开心，依然能够笑对生活，依然能够苦中作乐，那么你可能就有机会改变你的命运。

机会总是给有准备的人准备的，我给你举个例子：

有一个警察，工作了一辈子都没有遇到歹徒开过枪。在他最后一天上班的时候，为了纪念自己职业生涯的结束，专门去街上值勤了。没想到，这天遇到了一个嫌犯，嫌犯冲着警察举起了枪，这个警察也冲他举起了枪，两人同时扣下了扳机，但是警察倒下了，因为警察的枪里面没有装子弹。这么多年，他当警察从来都没有遇到过这样的事情，所以他就有点疏忽了，忘记了枪里还需要装子弹。这个故事告诉我们什么呢？就是说当机会来临的时候，我们一定要有充足的"子弹"，要准备好了。这位警察如果有子弹，可能那一天的结局就完全改变了。

这些"子弹"对于我们小朋友来说是什么呢？其实就是我们现在努力学习的知识和不断提升的能力，还有苦练的才艺以及为人处世的方法。

我当年考主持人的时候，形象并不是考生中最好的，甚至是最其貌不扬的一个。我的身高只有159厘米，跟那些漂亮的女孩子站在一起，我心里很没自信。但是，在考试的最后一个环节，主考官说："谁能够背一首《将进酒》，请向前迈一步。"结果 20 多个人里只有我一个人向前迈了一步。因为我从小就喜欢中国的诗歌、古文，我的"子弹"准备得很充足，这次竟然用上了。

在考场上，我完完整整地把《将进酒》背了出来，因为这个突出的表现，我被录用了。从此我就从一个普通的老师，变成了一个电视台的主持人。也是从那个时候开始，我就有了更加坚定的目标，我要到大城市去生活，我要到北京去做北漂。几年之后，我到了北京，从此在这里扎根。

刚到北京的时候，我也经历了很多苦难，没有钱、没有事业、没有朋友，什么都没有，但是我觉得我有非常坚定的理想和信念。我一直在努力，不放弃任何一个机会，最终有了一点小事业。

所以我特别想告诉你，现在你还需要让自己的内心更加强大起来，然后努力去学习各种知识。你要知道，中国有句古话叫"艺多不压身"，只要你本领多了，你可能就会有更多的机会。

现在你已经是一个大姑娘了，我相信在不久的将来，机会就会来到你的面前，加油！

我也希望有一天，你有机会来北京，能和我的女儿成为好朋友。这次随信也寄去了我新出的一套书，叫作《穿过历史线 吃透小古文》，是用窍门学古文和历史的书籍。很多人都觉得学古文很难，你可以读读这套书，给你的同学们做个榜样，告诉他们其实学古文很简单。你把这套书好好研究研究，我期待着跟你分享读书心得。

好啦，再次为你的妈妈而骄傲，因为她生了你这样一个非常可爱的女儿，同时也希望你为自己多充实"子弹"哦，加油！希望我们有一天能见面。

王芳

10 月 30 日

> 我只知道"妈妈"这个人是一个非常神秘的人,是一个藏在电话里的人,是一年才能见到一次的人。每当村里的人们逗我玩时,总会问我:"你的妈妈在哪里呀?"那时我总是用天真的话语说:"我的妈妈在电话里。"
>
> ——鄢禹萌,14岁,初二

亲爱的妈妈:

您好!

其实,我也不知道给您写些什么,还是先在这里祝您母亲节快乐吧!"妈妈"是许多正在牙牙学语的小朋友学到的第一个词,在每个小朋友的印象中,妈妈是最亲、最爱的人。但在我小时候的印象中,我只知道"妈妈"这个人是一个非常神秘的人,是一个藏在电话里的人,是一年才能见到一次的人。每当村里的人们逗我玩时,总会问我:"你的妈妈在哪里呀?"那时我总是用天真的话语说:"我的妈妈在电话里。"那时,我还并未真正理解"妈妈"这个词的含义。随着时光的流逝,我才慢慢知道:哦,原来妈妈是给予我生命的那个人,是我最亲最爱的人。

我们一年只能见一面,一年只能在一起相处十多天,在那十多天里我终于能体会到有妈妈的日子究竟是什么样子。每当快过年时,我都非常开心,因为您要回来了,我终于又可以不用去羡慕其他伙伴了,但当您真的回到家时,我又觉得您有点陌生,一时间,脑袋一片空白,不知道要和您说一些什么话才好,气氛时常有点尴尬。每当过完年,您要走的时候,我其实心里非常不舍,但又不好意思说出来,只能站在家门口看着您坐着车渐渐消失在树林之中。从小到大经历了十四次的团圆与分别,我已经习惯了,但又不是很习惯,只有把每次的离别都当成下次重逢的前奏。

随着年龄的增长，我有时候会不听话，在此我想对您说声对不起。还记得那次您回家过年吗？您每次回来都要先给我念一遍经，您说的台词我都已经倒背如流了。"萌萌啊！知识使人进步，你要多读书、多看书，'黑发不知勤学早，白首方悔读书迟'，人要活到老，学到老。"但我却用不耐烦的语气和您顶了嘴，您也没说什么，只是那天您没有理我，我也没有理您。那天晚上睡觉时，我眯着眼睛看已经为过年忙碌了一天的您，半夜还在书桌旁记着英语单词，您的眼里布满了血丝，白发在台灯的照耀下显得格外的亮。顿时，我鼻头一酸，很想和您说一声对不起，但又没有这个勇气。那晚，我一直躲在被窝里忏悔。对不起，妈妈，我也知道自己有时太不听话了，让远在外地的您还时常为我担心。

其实我非常希望您能够回来，回来陪伴我成长。我非常希望能有一段妈妈可以天天陪在我身旁的日子，我无数次想象着那样的生活会是怎么样的。您生下我十个月后就开始在外地工作直到现在，我特别羡慕其他朋友，他们的妈妈都在身边，他们的成长伴随着母亲的精心呵护。我知道您是为了让我过上更美好的生活，所以才迫不得已离不开我到远方工作，我也一定不会负您所望。

妈妈，感谢您，用您的半个生命换来我的诞生；感谢您，用您的白发换来我的成长；感谢您，用您那颗无私的心给我无限的爱。等我长大以后，有能力挣钱了，我要和您生活在一起，让我来照顾您的后半生。

祝您身体健康，万事如意！

爱您的女儿：鄢禹萌
5月12日

你的爸爸和妈妈同样在远方的城市里忍受着孤独和想念，咬牙在城市里穿梭奋斗。

李素丽

现任中国志愿服务基金会副秘书长
曾荣获全国优秀共产党员
全国劳动模范
全国三八红旗手
全国职业道德标兵

亲爱的孩子：

你好！

我是李素丽阿姨，我退休前是北京一名普通的公交车售票员，在公交售票员和公交客服热线岗位上工作了三十六年。

看了你写给妈妈的信，你对妈妈的思念和对妈妈外出务工的理解很令我感动，请让我先送你一个温暖的拥抱。陪伴是每个人都需要的，孩子需要父母的陪伴，父母同样也需要孩子的陪伴。但由于养家糊口的需要，爸爸和妈妈不得不外出务工，用他们自己的辛苦劳动来供养家庭。爸爸和妈妈长期不在身边是不是很容易让你感到孤独和想念？素丽阿姨想告诉你，你的爸爸和妈妈同样在远方的城市里忍受着孤独和想念，咬牙在城市里穿梭奋斗。

素丽阿姨在北京公交车售票员岗位上工作过十八年，每天公交车上都有来来往往的乘客，其中，有不少类似于你的爸爸妈妈这样的外来务工者。阿姨想问你，你知道每天你的爸爸和妈妈在乘坐公交车的路上都是什么样子的吗？记得有一次，在晚上十点多的车上，一位四十多岁的乘客满身油漆，站在公交车的角落里，手里拿着一张灰黄的照片，照片上是一个五六岁的孩子在咧着嘴笑。这个乘客看起来挺疲惫的，但看着手中的照片，露出了开心的笑容，看得出他一定是在回忆着跟孩子一起玩的场景。远方的孩子或许也正在想他，在那一刻有一种爱的牵挂融在大人和孩子的孤独和想念中。

素丽阿姨见过太多这样的乘客，有的在公交车上给远方的孩子打电话，嘱咐孩子要听爷爷奶奶的话，要好好学习，要多吃点饭；有的则凝视车上其他的小朋友，那眼神仿佛就是看到自己的孩子在调皮，有时候也不忘去逗一下小朋友；有的则在两两交流，说要在下个月发工资以后给自己的孩子买个新书包邮寄回去。

素丽阿姨在刚开始踏上工作岗位的时候，每天凌晨两点多起床，出门时看着我熟睡的孩子很是不舍。当我在工作了几个小时后，我能想象到她刚起床哭喊着找妈妈的样子，想找妈妈喂她吃饭、送她上学的情景。但是每个大人都有自己的工作，为了工作不得不舍弃很多陪伴孩子的时光，孩子也只能在孤独中慢慢成长，慢慢独立。现在我的孩子已经三十二岁了，虽然在她童年时，我的陪伴是很少的，但是她从伤心到理解、包容，到支持自己的妈妈的工作，这是一个一边忍受孤独一边提升心理承受力的过程。

所以，亲爱的孩子，素丽阿姨想对你说，生活需要劳动去创造，生活也需要父母和孩子共同营造。父母都是通过自己的辛勤劳动和最大的爱去呵护自己的孩子，有时候缺失父母陪伴的无奈需要靠父母和孩子心中的爱与牵挂来抚慰对方。请你好好学习，好好成长，用优异的学习成绩在这个冬天给父母带去温暖的讯息。

亲爱的孩子，如果你有什么话需要倾诉，也请给我写信，我做客服热线十八年，倾听了很多朋友的心声，相信我可以帮助你。

亲爱的孩子，请你相信，你与父母虽各自远方，但互相牵挂。爱，一直在。

李素丽

11月25日

> 请您和爸爸放心，女儿已经长大，能够担得起生活的重担，定当不辜负你们的期望。
>
> ——张雅芝，10 岁，四年级

亲爱的妈妈：

您还好吗？

光阴似箭，岁月如梭，不知不觉我已经半年都没见过您和爸爸了。不知您的白发又多了几根，爸爸的腰是否还经常犯痛。如果工作很累的话，就歇一歇。我和弟弟不想要美丽的新衣和昂贵的玩具，我们只愿您和爸爸能健康、平安。

您那边的天气热吗？家里已经开始穿短袖了。我记得您一直想买条裙子，您可千万别心疼钱，在那里逛逛街，买一条称心如意的裙子，好好打扮一下。也请您转告爸爸，让他少喝点酒，少抽点烟，烟、酒这两样东西对人的身体没有好处。让他没事就多散步，勤锻炼。

跟您说个好消息：弟弟的成绩一直在进步。我去接弟弟放学的时候，他的班主任还向我表扬了弟弟，说他懂事了，知道学习了。不过他还是一如既往地爱打游戏，打游戏时被气哭也是常事。人的改变是一个循序渐进的过程，我相信只要给他一点时间，他一定能够让你们引以为傲。

我的成绩还是原先的模样，保持全班第一。我会好好努力，争取把校名次也稳定下来，不辜负众人对我的期望，也无愧于自己这些年的奋斗。

奶奶近况安好，身体健康，心情愉悦，着实活成了我所羡慕的模样。她的老年生活十分充实，有小姐妹一起玩闹，有爷爷在背后默默地宠爱着。残酷的岁月没有在她身上留下一丝痕迹，她是一位被上天宠爱的人。爷爷的哮喘病未曾再犯，不过要经常吃药。大伯带他去检查，医生说他的胃不太好，不能喝酒，也不能吃过凉和过硬的东西，需要好好保养。

家里一切安好，爷爷的病我会悉心照料，不会惹他生气；我也会尽力不给奶奶添麻烦，让她安享晚年；我更会多指导弟弟学习方面的问题，让他更上一层楼。请您和爸爸放心，女儿已经长大，能够担得起生活的重担，定当不辜负你们的期望。祝你们身体安康！

您的女儿：张雅芝

6月8日

人生就是这样，很多事情难以选择，无论是你我还是他们。而这也是上苍给予我们每个人的历练，这段经历会让你更加强大，更加热爱生活，更加懂得什么是责任。

桑兰

全国跳马冠军
著名体操运动员

亲爱的张雅芝小朋友：

你好！

我是桑兰阿姨，我很荣幸地读到了你写给母亲的信，心中十分感慨。你的信勾起了我很多年少时的回忆。今天，我拿起笔给你写这封信，和你说说心里话。

在你的信中，我得知你与父母分隔两地，和爷爷、奶奶、弟弟一起生活。你这么小的年纪，既要带好弟弟，又要照顾爷爷和奶奶，多么不容易，这让我十分感动。

我现在是一个五岁男孩的妈妈，身为母亲，我深知离开孩子的心情。如果生活让我选择必须离开孩子，去很远的城市工作，这对我来说将是艰难的抉择。我相信，你的父母和我有一样的心情！父母生养了我们，为了我们生活得更好，他们愿意去吃苦、去承受，甚至去牺牲。正如那句我们中国人常说的话：可怜天下父母心！

生活是现实的，但想想美好的未来与明天，再艰难也要坚持走下去。你的这封信，让我想起了我的童年。我从五岁开始练习体操，八岁进入省少儿体校。那一年，我独自离开了我的老家宁波，去了省会杭州，从那时开始，我只能隔一段时间才能见到父母，甚至一年才有机会回一次老家。

年幼的我早早地过起了集体生活，这对我来说十分艰难。我还记得，有一年我头上长了虱子，很痒，最后，妈妈坐火车来杭州帮我处理，才避免了我在小朋友面前的尴尬。没有父母在身边，所有的事情全要靠自己。有的时候，想想我的小伙伴儿们都在家里，每天和父母在一起，穿干净漂亮的衣服，吃可口的零食，周末还可以和爸爸妈妈一起去公园，我也觉得很难过。

那时，我的父母也舍不得我，曾多次劝我留在他们身边，并多次因为想念我而落泪。我也想过放弃，回到父母身边，但人总是要有梦想的，我既然选择了来体校，就要为了它去坚持不懈地努力。通过刻苦的训练，我的成绩不断提高，我鼓励自己："一定要好好训练，等父母来看我的时候，要拿到好的成绩，让他们开心。"

练体操是非常艰苦的，训练后手掌破皮，疼得无法忍受，我咬着牙坚持；每次从器械上掉下来，我重新来过。这样日复一日的训练，渐渐磨砺出我的性格，那就是：一定不向困难低头！每次脑海中浮现出的父母带着好吃的零食、漂亮的衣服来看我的情景，就是给自己的一次鼓励和加油，我告诉自己："加油！加油！你一定行！"

1993年，成绩优秀的我被国家体操队选中，要去北京了！那一天，通知来得很突然，我必须赶快准备好行李去乘火车。父母特意从宁波赶到杭州来为我送行。我还记得，他们带来了很多东西，因为北京比杭州冷，他们怕我冻坏了，特地去给我买了毛衣和毛裤。那天，我们一起吃了一顿团圆饭。

那时候，从杭州到北京的火车要开将近两天的时间。我记得，当时父亲的眼睛里闪着泪花，母亲一把把我搂在怀里。这一别就是千里之外，父母工作忙，周末和假期也很难来看我了。想到即将要去适应新的生活，我心里也没底。但是，我有我的冠军梦，想到自己可以穿上印有国旗的运动服，可以成为一名国家队队员，为国争光，这种离别之苦也就化为了力量，让我变得无比强大。

在北京训练的五年中，我每年只能见一次父母，而每次他们来看我，都因为我训练忙碌而匆匆一见就分别了。在第八届全运会上，我拿了冠军，国家队给了我短暂的假期，我终于可以回家了！我用奖金给全家人买了礼物，坐上火车，背着背包，抱着奖杯，我一点也不觉得那些行李很沉、很重。

一别五年，当我回到老家，爷爷差点认不出我了。他笑着跟大家说："我孙女都这么高、这么漂亮了，还是全国冠军！"我的叔叔、伯伯们恨不得敲锣打鼓把我迎进门，让邻居们都知道冠军回家了。那一刻，是我人生最幸福的时刻，我用我多年的努力换来了成功和喜悦。虽然和家人分别，虽然艰苦，但这一切的付出都是值得的。

1998年，我代表中国参加在美国纽约举行的世界友好运动会，这是我在世界锦标赛前的一次练兵。我的跳马项目动作难度很高，在世界上也属于顶尖的水平。队里、家人都对我寄予厚望，我感觉自己在向梦想一步步靠近。

谁知，人生就是这样不测。我在赛前跳马训练中意外受伤，造成了高位截瘫。一时间，我的体育生涯面临结束，我此生只能与轮椅为伴。我受伤后，我的父母从中国赶到美国，从那一刻起，他们一直陪在我身边，照顾我、鼓励我。

坐在轮椅上，我无法想象我的未来会是什么样子。但是，生活给予我的磨炼，让我早已拥有了永不放弃与困难斗争的精神。虽然我不能再站起来，但我可以做很多事情，我还有很多要学的东西，我要为中国的体育事业再做一些贡献。我坚持康复治疗，与伤病做斗争，下定决心完成自己的人生梦想。

2002年，我考到了北京大学新闻学院，成为广播电视新闻专业的一名学生。我的努力终于有了收获，美国新闻集团旗下的星空卫视，邀请我担任该电视台《桑兰2008》体育节目的主持人。我边学习边工作，自食其力，努力成就自己的梦想。那些年，我积极参加公益活动，成为2008年北京奥运会的形象大使，为奥运、为北京做宣传。这一切的一切都与我年少时的经历相关，艰苦的岁月磨砺了我，给我的未来奠定了基础。

雅芝，我们的少年时光境遇相似，都是少小与父母分别，都有着同样的毅力。我想对你说："父母是我们在这个世界上最亲的人，更是人生道路上带给我们力量的人。你要好好学习、不断进步，这才是让父母最欣慰的。你的未来，就是他们的未来！"

雅芝，与父母分离让你伤心，但人生就是这样，很多事情难以选择，无论是你我还是他们。而这也是上苍给予我们每个人的历练，这段经历会让你更加强大，更加热爱生活，更加懂得什么是责任。

最后，阿姨希望你好好照顾自己，好好关心弟弟和家人，努力学习，把最优秀的自己呈现给他们。让他们看到你的成长和进步，用你的懂事和乐观影响更多人。

雅芝，你是国家未来的栋梁，也是父母心中的小树苗，总有一天我们会看到你成长为一棵参天大树。当那一天到来的时候，你一定会再想起你与父母说过的话，更会想起这段不同于他人的年少往事。

祝：安好，天天开心。

一位远方的阿姨：桑兰

10月19日

> 我始终不是个好女儿,不是个让你骄傲的女儿,不是个孝敬的女儿。
>
> ——张鹏宇,14岁,初二

亲爱的母亲:

最近还好吗?广州的天气已经变得越来越热了,记得穿好防晒衣,多喝凉茶,千万别中暑了,也不要每个星期都加班,天气热,千万注意身体。你放心,我在家里很好,爷爷奶奶把我照顾得很好。还有,在学习上,我又进步了哦!一切都很好,只是有点想您了。

想和你吃一顿饭,想牵着你的手在河边散步,想和你谈一谈学校里的趣事,想和你一起分享我生活中的点点滴滴。虽然,我知道不可能实现。母亲啊,这并不是怪你,和你在一起的时光幸福四溢,却又匆匆而逝,我知道你也并不想这样,所以啊,作为你的小棉袄,我可是很贴心的哦!

那么,你身在异乡,是不是也在思念着你乖巧可爱的女儿呢?

对了,母亲,你知道吗?爷爷又在院子里种了一棵核桃树,又高又细,等它结果了,我一定摘个又大又好吃的给你;院子里的葡萄快要成熟了,我等着你和我一起吃;外婆家开始种花生了,外婆说,等你回来,给你拿一大瓶花生油,自家榨的,可香了!

母亲啊,所有的东西都给你准备好了,所以过年的时候,你能不能早点回来啊?

不知道你还记不记得上次正月初二的时候,我跟你的那场吵架。其实,在吵架之后,我就后悔了。我知道是我不对,可面子上又挂不住,不肯跟你认错,惹你生气了。我心里还是觉得挺对不起您的,但直到您临走的时候,我也没能跟您说声对不起。今天,靠书信这个方式,我真诚地跟您说一句：对不起，母亲。希望你能原谅那个蛮横无理的我，现在我已经长大了，再也不惹你生气了，女儿知道错了。

母亲啊，我还想看看你眼角的皱纹，还想看看你斑白的头发，还想看看你布满茧子的双手。岁月匆匆而过，在你身上留下深深的痕迹，我还不曾抚摸它们，我还不曾跟您说一声"辛苦啦"，我还不曾说一声"我爱你"，我还不曾说一声"对不起"。

亲爱的母亲啊，原谅女儿的愚钝，只能靠着这封信来表达对你的思念和爱。

我始终不是个好女儿，不是个让你骄傲的女儿，不是个孝敬的女儿。我没有好的成绩，没有让人羡慕的一技之长，没有身为女儿的贴心，还处处惹你生气，而你一次次的包容，一次次的关心，一次次的让步，让我愧疚不已。

时光如梭，我还想回到小时候，牵着你温柔的手一起回家，那该有多好啊！

今年过生日，你知道我许了什么愿望吗？我的愿望就是让时光慢点走，因为这样我才能跟上您的步伐啊！

祝母亲大人身体健康，万事如意！

您的女儿：张鹏宇

6月9日

张小嫒

中华志愿者协会副会长
全国妇联宣传部原部长
女性影视文化节目资深策划人

> 我想代表好多叔叔阿姨给你一个公正的评价：你是一个很懂事的好女儿，因为你懂得努力，对妈妈用心用情。

可爱的鹏宇同学：

你好！

在 2020 年春节即将到来之际，看到你写给你妈妈的一封信，非常理解你思念母亲的心情，也非常感动你在学业和生活成长中的真情告白。

说来我们真的是很投缘。十多年前，我曾经在甘肃省一个国家级贫困县扶贫工作过一年，在那里结识了一些和你一样爸爸妈妈外出打工的农村女孩，这让我看到你的信时感觉特别熟悉，别有一份牵念。后来我在全国妇联儿童工作部部长岗位上工作，和像你这样父母远离家乡去打工的少年儿童有过很多接触。为解决孩子们留守家乡遇到的生活学习困难和抚慰对父母的思念，我们也积极行动，想过很多办法，做过深入调研，推动政府出台关爱你们这一群体的措施。同时，我也是一个母亲，看到你的信，母爱油然而生。在这里，我想对可爱的你说说心里话。

首先，我为你有一个敢于追梦的妈妈而感到欣慰。或许，你对妈妈放下对你的朝夕陪伴、离开家乡外出务工感到孤独，对在学习生活中遇到困难最想得到妈妈呵护的时候却无法得到妈妈的帮助而感到失落。现实生活中，像你这样妈妈长年在异乡务工的少年儿童还有很多，你们留在家乡学习生活，没有爸爸妈妈在身边陪伴，成为为数不少的留守儿童。但是，我每每走进乡村，看到了你们这样的留守孩子家里的房子比没出去打工的家庭要更加宽敞、坚实、时尚；你们的新衣服、新书包、新手机、新玩具都带着妈妈进城务工所感染的审美色彩；你们家的经济条件，因为妈妈爸爸在城里打工比留在村里干农活儿的家庭好得多。而且，有很多外出打工的妈妈进城边工作边学习，逐渐更新了对城市居住的观念，眼界也得到了拓展，从而提高了自身的文明素养、自信心态和发展能力。正因为她们的背井离乡和奋力拼搏，才有你们今天生活学习的良好条件。

你的妈妈就是这些妈妈中的一个典型代表。我在北京生活中经常遇见这样的妈妈们，她们可能是保洁员、环卫工、售货员、家政服务员、商场导购、美容师、月嫂、护工……她们经过几年甚至一二十年打工的艰辛努力，用汗水和艰辛换来了家庭生活水平和教育医疗住房等方面条件的极大提高，更重要的是，她们有了自尊自信的阳光心态和疼爱孩子们的经济条件。我很佩服你妈妈，能够为实现脱贫致富的梦想走出乡村，在都市生活中很快适应并站住脚有了事业的新发展。当然，这期间出现了妈妈和你不得不分开的困难，相信你也感受到，党和政府为解决这些困难，专门制定了关爱留守儿童的特殊政策。现在各地政府都在当地增加更多适合妈妈们返乡就业的机会，实施特别优惠的创业就业税收和管理政策，动员妈妈们回到家乡创业工作，兼顾工作和家庭。妇联阿姨们在各地乡村建立了儿童快乐家园，让你们有了可以开心写作业和能与远方妈妈视频连线说说心里话的温馨家园。一切会越来越好，而此前你承受的也是一笔独立成长生活的财富。让我们拉起手来，共同为你的妈妈以及更多敢于走出家乡不怕艰难实现致富梦想的妈妈们点一个大大的赞！

其次，我为你保持一颗善良孝顺的心而感到欣慰。我曾经多次到贫困地区直接进村入户看望留守儿童，深深理解你在信中说到的"想和你吃一顿饭，想牵着你的手在河边散步"，这是发自内心的苦苦呼唤。这些"想"作为每一个妈妈和女儿本应该有的情感链接，在你们这样的留守孩子日复一日的期盼中简直是一种奢望。我曾经在重庆农村看到一个留守孩子，因为特别想念外出打工的妈妈，每天晚上睡觉都要抱着妈妈的衣服入睡，因为衣服上留有妈妈的味道。我也看到有些孩子因为妈妈不在身边，性格渐渐内向，内心孤独自卑，学习成绩也因为没有妈妈的陪伴督促无法达到优秀。更有一些孩子们因为没有亲人的细心照顾，长期渴求亲朋好友和社会关注，成长中出现了情绪管理失衡、沉迷网络、逃学、暴力倾向和意外伤亡的情况。每每想到这些，我就忍不住流泪，因为我也是一个母亲，对孩子们一样的心疼。你能够理解远方的妈妈，用学习的自觉行孝敬之心，用亲昵的问候表母女情深，真的令人感动。我看到你为一次和妈妈吵架而充满愧疚，觉得你真是一个特别懂事的好孩子。你正值初中学习阶段，这也正是一个人成长的青春期，而青春期是生长发育最快的重要时期，身体发育呈现很大变化，心理也呈现新的特征，这些在课堂上相信老师会讲给你们。我记得自己在青春期突然觉得自己长大了，什么事情都不爱和爸爸妈妈商量了，想做什么就执意要做，有时候遇到一点小事就容易不开心，爸爸妈妈批评就极力反抗，甚至拒绝和他们说话。后来我才知道，十几岁的同学们都有过这样的经历，都容易有莫名的烦躁和逆反心理。所以，面对青春期这些容易出现的现象，我们要学习一些基本生理心理知识，学会怎样面对身体和心理的迅速发育成长的状况，坚信爸爸妈妈和老师同学依然爱着你，做阳光快乐、善解人意的女孩子。

　　最后，我为你阳光明媚、追求卓越的心态而感到欣慰。看到你给妈妈的信中说"我始终不是个好女儿，不是个让你骄傲的女儿，不是个孝敬的女儿。我没有好的成绩，没有让人羡慕的一技之长"，这几句话让我既心疼又自豪。心疼的是，在年年岁岁没有妈妈陪伴的日子里，你小小年纪要独自承担学业的压力；自豪的是，你作为女儿处处想到如何让远在异乡的妈妈高兴、放心，你对如何才是好女儿、如何能够让妈妈骄傲，有你的理解和标准。我想代表好多叔叔阿姨给你一个公正的评价：你是一个很懂事的好女儿，因为你懂得努力，对妈妈用心用情。好女儿在心里一定有对父母的那份柔软与思念，分数成绩与一技之长都是来日方长的事情，只要有理想有目标，将学习化作孝顺父母、报效祖国、实现梦想的内在动力就可以实现。我们都相信，前面的道路你会继续奋力拼搏、勇攀险峰，你能行！

　　祝福你，可爱女孩。三九已经过去，春天还会远吗？

张小嫒
1月18日

> **我们都在不同的岗位上奋斗着，纵使现实再残酷，没关系，它总有美好的时候。在这方面，爸爸您就是最好的证明。您勇敢、顽强，一路走来什么大风大浪没见过、没经历过，但这也造就了您"全能爸爸"的形象。**
>
> ——崔缤丹，13岁，初一

亲爱的爸爸：

最近您还忙吗？身体还吃得消吗？是不是又瘦了？有没有想我呢？反正我是想您了，很想很想。

我们已经一百二十七天未相见了，分离时的一幕幕又重现在我眼前：我泣不成声，两眼哭得又红又肿，抱着您不让您走。您因为着急赶车，把我的手放开，推我到了爷爷身边，自己忍着泪水走了。您走得很快，没有回过一次头，我知道您是怕回头会忍不住哭了，又怕让我伤心。

爸爸，您知道我那几天是怎么过来的吗？我每天无时无刻不在想您。

每当想您的时候，我都会去看月亮。因为您说过："丫头，你在月亮的这端，而我在月亮的那端。想我的时候，就去看月亮，而我也在看你。"爸爸，那皎洁的月光下有一个孤独的背影，不知您是否能看到？

爸爸，告诉您一个好消息，我在期中考试时又进步了一名，第十九名。您是不是很高兴呢？您放心，这只是我潜能的一小部分，在期末时，我一定会超常发挥，进入年级前十名的。爸爸，您就等着女儿给您带来的好消息吧！

我们都在不同的岗位上奋斗着，纵使现实再残酷，没关系，它总有美好的时候。在这方面，爸爸您就是最好的证明。您勇敢、顽强，一路走来什么大风大浪没见过、没经历过，但这也造就了您"全能爸爸"的形象。

说起您的全能，就不得不让我钦佩。爸爸，您就是我的偶像啊！您长得帅，做饭还好吃，东西坏了还会维修，真令人羡慕啊！您总说让我学着点儿，可我对其他的都不感兴趣，就只学了厨艺。现在，我的厨艺可是比之前好了许多。告诉您个小秘密，我学会了您的那道崔氏西红柿炒鸡蛋，哈哈，这是只有我们两个才会的哟。有朝一日，我的厨艺一定会胜过您，打成平手也可以，毕竟您的厨艺那么高超。

　　爸爸，现在我已经养成了节约的好习惯，毕竟钱财都来之不易，但您也要舍得吃舍得穿啊。自从妈妈回来后，生活的重担一下子全部压在您的肩头，为了让我有良好的学习条件，您除了在厂里干活，还要去兼职。您歇歇吧，您太累了。我会好好学习的，因为我知道，这是最让您开心快乐的事了。

　　爸爸，最近我参加了学校举行的征文活动，写的就是您。希望能被印到书里，让远方的您看到。最后，祝您身体健康，万事如意！

您的女儿：崔缤丹
6月16日

崔缤丹（右）和老师

刘勇赫

著名的"勇赫大叔"
全国妇联《婚姻与家庭》首席专家
勇赫童书会创始人
亲子教育专家
儿童心理学家
中央电视台《智慧树》《生活圈》《小鬼当家》特邀专家
湖南卫视《爸爸去哪儿》《神奇的孩子》顾问
百万畅销书作家
国家二级心理咨询师
依恋曲线理论创始人

我特别喜欢你说的那句话,"我们都在不同的岗位上奋斗着"。是啊,我们并没有各自为战,而是并肩作战,你的这句话不仅给你的父亲打足了气,也给勇赫大叔很大的鼓舞。

崔缤丹同学：

你好，我是勇赫大叔，一位发明了一百五十多种亲子互动游戏的神秘男子……

说实话，当我读了你的信后，我最先产生的感情，其实是嫉妒。嫉妒的不是你，而是你的爸爸。在字里行间，我体会到的不只是你对爸爸的思念，还有你对爸爸的理解与关心。我也是两个孩子的父亲，小女儿上二年级，要比你小一些。作为一个爸爸，最幸福的事情，莫过于有你这样一个知书达理、善解人意的女儿了！

老人们常说，养儿方知父母恩。在我读了这封信之后，方才明白，"不读女儿信，不解女儿心。"在女儿内心深处，是多么渴望父亲的陪伴，多么需要父亲的陪伴。因此，在这一点上，我要叫你一声小崔老师啦！

咱们其实有一段共同的经历，所以大叔真的可以理解你。我小的时候，父母经商，大概在我四个月大时，他们就把我托付给了我的爷爷奶奶。我的父母从夫妻店开始做起，全年无休，没有节假日，因此，从小学到初中，我每两周才能见他们一次。有一个场景在我脑海中挥之不去：一个小男孩站在饮马井村的一个丁字路口，每天傍晚都会踮起脚尖，眺望地平线。他多么希望能够有两辆熟悉的自行车缓缓驶入自己的视野。这个小男孩，就是我。当时我立下壮志，将来，我一定要做一个陪伴孩子的父亲。不要笑，人家当时可是认真的哦！

当我读到你与父亲一百二十七天前分别时的情景，不禁鼻头泛酸，有种"同是天涯沦落人，相逢何必曾相识"之感。告诉你一个秘密：我的父亲一生没有打过我，只踢过我一脚，这一脚自然记忆犹新。那一天，我抱着爸爸的腿，想让他带我走，可是爸爸终究不同意，因为带着我会影响工作，便狠狠地踢了我一脚。我很快松开了手，我觉得我受到了巨大的惩罚，我犯了不可饶恕的错误。看着爸爸离去的身影，我号啕大哭，从来没有如此伤心。从那以后，我再没有要求父亲带我出去玩耍，我自己给自己编故事、讲故事，自己来陪自己玩。

可能女孩子会比同龄的男孩子情商高一些，你能看懂父亲的伤感、无奈与隐藏，我却看不出，是不是觉得我有点傻乎乎的？父亲不希望看到你难过，更不愿意让你看到他难过。单凭你那一段对分别的描述，就可以知道你是一个懂事的孩子，但你的懂事也让我心疼。

我们不妨换一个开心的话题，听到你的学习成绩有所进步，而且还有更大的动力与上升空间，我真为你高兴。没有一个爸爸不盼望孩子学习进步，学业有成。我特别喜欢你说的那句话，"我们都在不同的岗位上奋斗着"。是啊，我们并没有各自为战，而是并肩作战，你的这句话不仅给你的父亲打足了气，也给勇赫大叔很大的鼓舞。刚接到写信任务时，我就想如何去安慰一个小同学，万万没想到，小同学见识可不小，不仅懂得换位思考，更善于自我激励，真乃年少有为。

有一个地方，我们可能需要思想的"碰撞"。当然如果我们观点不同，你不用强迫自己接受，我只是想说说自己的想法。你说爸爸是一个帅爸爸，我信；你说爸爸是一个全能爸爸，我也信；但你说爸爸是你的偶像，我却有自己的看法。我不希望我的女儿把我看作是偶像，我相信你的爸爸也是一样。为什么这么说呢？爸爸是你成长中的伙伴，这个伙伴并不是完美的偶像。他很难成为你理想中的样子，但他会竭尽全力为你提供最大的保障。他不是完美的偶像，他就是他自己，他相信，这个世界上一定会有更优秀的人出现在你的世界里，而他不应该是你的整个世界。他希望你能够打开视野，去认识更多善良的人、优秀的人、能够帮助你提升自我的人，而他宁愿做你的阶梯，无怨无悔。当你不把他看作偶像，你会感到一些轻松，他也会感到一丝放松。

我最喜欢的一段，便是你们家的独门秘籍——崔氏西红柿炒鸡蛋。我要向你爸爸学习，做一个超级大厨。你爸爸十八般武艺样样精通，你却唯独对厨艺感兴趣。其实，我一直想，做饭这件事情说大不大，说小不小。

每一个在家庭中做饭的人，都值得被全社会歌颂，因为他们默默地为社会做着贡献，包括你的父亲。你父亲希望你是一个独立的人，这个独立是人生幸福的基础，不管将来你在何时何地，一道"崔氏西红柿炒鸡蛋"既可果腹，也可助人。

　　静以修身，俭以养德。一方面你知道挣钱不易，自己省吃俭用，另一方面你又劝父亲舍得吃、舍得穿。你说得容易，其实，父亲最怕你吃不好、穿不好，最喜欢的还是给你买吃的、买穿的。可以说，除了学习进步，这同样是让他快乐不已的事情啊！

　　你这个小丫头，不仅通情达理，而且才思敏捷，我看将来可以成为一名女作家，有才，有情，还有趣。你很符合冰心奶奶的要求嘛！

　　也许你和父亲不能朝夕相处，但是你们之间必然心意相通。一封书信，一条短信，一段视频都可以让彼此感受到温暖与关心。如果说有什么建议的话，我建议你可以用攒下的零花钱给他买一样生活用品，比如钱包、手表、皮带等，然后偷偷给他快递过去。他一定会如获至宝，天天带（戴）着，逢人便说，看见没，这是我闺女给我买的！这件礼物不在于价格，在于用心，因为它包含着你对爸爸的爱，是这世界上的无价之宝。

　　我们素不相识，我却感到亲切无比，不知道收到回信的人是不是也会有同感呢？勇赫大叔相信，你通过自己的不懈努力，一定会有一个让人刮目相看的未来，你也一定会回报爸爸妈妈的养育之恩。你的爸爸也一定会一直为你骄傲！祝福你，幸福的孩子。

勇赫大叔
10月30日

> 你们为什么要去赚那些钱呢？赚那么多的钱有什么用呢？不是一家人待在一起才是幸福的吗？我需要团圆，我希望团圆，我喜欢团圆。
>
> ——崔佳淇

亲爱的爸爸妈妈：

你们好！

给你们写这封信的时候，我的内心充满了对你们的怨恨。

你们常年在外，不管我和弟弟，虽然你们常打电话，但我们之间没有共同的话题，久而久之，我跟你们有了隔阂。其实，虽然你们没有几句话就挂掉了电话，但我是开心的，哪怕只是跟你们说了一句话。跟你们待在一起的时候我都是小心翼翼的，怕你们因为我做得不好而讨厌我。每次你们回来我都想有意讨好你们，不断地找话题，不断地在你们面前尽力表现，但都没做得很好。

当你们在家待几天又要走的时候，你们都会说："我走了。"虽然每次我都是待在自己的屋里，笑着看着你们说："哦。"但是你们的话刺痛了我的心。你们走后，我就在屋里埋头大哭，不知道为什么，心里很难受。

你们为什么要去赚那些钱呢？赚那么多的钱有什么用呢？不是一家人待在一起才是幸福的吗？我需要团圆，我希望团圆，我喜欢团圆。每当学校放学的时候，我看到同学被自己的爸妈接走，我好羡慕他们呀。他们每天都能得到父母的关爱，为什么我不能？为什么？这时，我就好恨你们，恨你们只为那些身外之物就远离家乡。我恨你们！但是我又渴望得到你们的爱。

虽然每一次弟弟都骗我说你们回来了，但我还总是相信，心里高兴得不得了。当每一次考试结束，我都会想先让爸爸妈妈知道我的成绩。成绩不好时，我会向你们倾诉，但是你们只会安慰我，可我想要的不是这些，我想要你们严厉的批评。每当听到同学们被父母教训的时候，我真的好羡慕。而你们只会说好听的，我也想听到你们的教训，哪怕是一声责骂，我都很快乐。

  我也理解你们为什么去外地打工，是为了维持我们的生活，让我们吃好、穿暖，但也请你们理解我们，我们想跟你们待在一起，哪怕再苦也是甜的。

  我希望天下的父母都能多陪伴自己的孩子，有了你们的陪伴，孩子的童年才是阳光灿烂、快乐无比的。

  祝你们身体健康，工作顺利！

你们的女儿：崔佳淇
6月14日

> 我们太多的父母，那些难以解释的无奈和狠心，真的是为了儿女、为了生存、为了让一家人生活得更好。因为，天下所有的父母都爱自己的孩子，都希望给孩子们创造更美好的生活。

王薇华

中国地质大学博士
MBA 客座教授
央视《读书》《心理访谈》《经济大调查》栏目特邀嘉宾
国内积极心理学推广、普及第一人
中国"职场幸福力"倡导者
首席幸福力导师
心理学畅销书作家

亲爱的佳淇同学：

你好！

婚姻与家庭杂志社的编辑姐姐，发来了你写给爸爸妈妈的一封信。我一边读信，一边泪流满面，在百感交集中提笔给你写信。

虽然不知道你今年几岁，也不知道你长得什么模样、有多高，但此刻，本能的母爱冲动，让我好想揽你在怀中，紧紧地抱着你。

佳淇，你是一个好孩子，感情丰富、心地善良，爱父母、明事理。

你既渴望与爸妈长相守、常相伴，又十分理解爸妈外出工作的不易与苦衷；你特别希望与同学们一样，能与爸妈朝夕相处，又非常明白，自己与弟弟必须忍受着对爸妈的思念；你特别想在爸妈面前撒娇发嗲，却表现得淡定而无所谓；你特别渴望爸妈的拥抱和呵护，却装成一个成熟自立的大女孩。

佳淇，作为两个孩子的母亲，我懂你，你太让人心疼了！

你真的还很小，却那么的懂事；你真的还很弱，却如此的坚强。即使心中抱怨与爸妈的分离，你却依然深爱着爸妈；即便不忍面对与爸妈的分别，你却仍旧依恋着爸妈。

你是一个让父母亲骄傲的好女孩！

在中国，有很多少年儿童面临着与父母长期分离的境况，他们被称为留守儿童。这些孩子的童年时代，更多的是与父母相见的苦苦期盼。每一个这样的家庭背后都伴随着思念、眼泪、无奈和无助。

生活往往是充满无奈的，留守家庭的背后是父母一片片的苦心，是孩子一日日的苦等。都说留守儿童孤单无助，但是，也有调查资料表明，并非所有留守儿童都像报道的那样消极面很多。坚强乐观、自信懂事、天真活泼、爱玩爱闹也是大部分留守儿童真实的写照。

在留守儿童群体中，你是一个坚强、乐观、自信的孩子。与弟弟相伴相依时，你是一个温暖知心的好姐姐；与父母团圆相聚时，你是一个懂事体贴的好女儿；与同学读书学习时，你是一个天天向上的好学生。

在给爸妈的信里，你敢爱敢怨，流露真实的情感——思念、怨怼、苦闷和体谅。在你淋漓尽致、一吐为快的信件里，我看到一个可爱、懂事、善良的好女孩。

"人有悲欢离合，月有阴晴圆缺，此事古难全。"作为留守儿童，你经历着大多数的同龄孩子们没有经历过的孤独岁月。你的痛苦我懂，佳淇，我想告诉你曾经发生在我和我的一双儿女之间的故事。

三十七岁那年，我从海口来到北京，目标是半年内考上北京的博士。当时我的长子六岁，在幼儿园读学前班；我的女儿四岁，在来北京的途中，我把她交给了居住在南京的闺蜜，代为抚养半年。

有两组镜头令我终生难忘。

一组镜头是与女儿分别快两个月时，我从北京飞到南京看望她。在机场出口处，我看见四岁的她像小燕子一样飞奔而来，当她冲到我怀中，紧紧地搂着我的脖子，泣不成声地喊着"妈妈、妈妈"时，我的心在撕裂，只有喃喃地对女儿说："妈妈爱你！妈妈爱你！"

当女儿责问我："妈妈为什么要去北京？为什么把我留在南京？"我真的不知道该怎么对四岁的女儿解释，只有泪流满面地说："妈妈爱你，妈妈真的很爱你！"

作为母亲，我知道"为母则刚"的意义，因为母亲好，孩子才会更好。来北京半年之后，我如愿以偿考上了中国地质大学的博士，实现了我的目标。

另一组镜头也与机场有关。

每一次我要去北京读书，儿子都哭着闹着要送我去机场。在去机场的路上，我很少说话，儿子坐在我的身旁，总会时不时地把我的胳膊或者手拿起来，狠狠地咬一口，再咬一口。

我忍着不说话，心抽搐般疼，那种痛早已超越了胳膊上留下的牙印之痛。

多少次，在安检过后，我回头向人群中的儿子挥手告别时，只见儿子站在行李车上，一边哭着，一边用双手拎着衣襟，擦拭着眼泪。

每一次，我都是含着眼泪、咬着牙，拉着行李箱，匆匆走进人群，心房阵阵抽痛，口中低沉地嘶吼："我必须要做得更好，做得更好！"

我经历过与年幼的儿女分离、独自去外地读书、让儿女们留守的时光，品尝过分离的痛苦。我懂儿女的眼泪，也懂你的经历，更懂你的妈妈离开你们姐弟之后的痛苦。我们太多的父母，那些难以解释的无奈和狠心，真的是为了儿女、为了生存、为了让一家人生活得更好。因为，天下所有的父母都爱自己的孩子，都希望给孩子们创造更美好的生活。

童年的经历是最难忘的。这份宝贵的经历会让我们的心智成熟得更早，让我们更有抗挫力和意志力，让我们体验与众不同的生命感受，让我们感知父母的艰辛和不易，感受到亲情的无私和伟大。

高尔基说："苦难是人生最好的学校，经历是人生最宝贵的财富。"作为中国留守儿童中的一员，你经历的苦难和磨砺，已远超同龄人，这也是你人生经历中的一笔财富。

我常说：感恩每一段经历，感恩好事，也要感恩坏事好的一面。

我们要用一颗感恩的心，感谢生养我们的父母，感恩生活赠予的一切；感恩既要赡养父母又要养育孩子的爸妈不惜劳苦地工作；感恩自己拥有一个能相伴成长的弟弟，这是父母爱的恩赐和延续；感恩父母用坚强的行动，给了自己衣食无忧的生活和独特的人生体验；感恩父母用默默的付出，履行着爱的责任；感恩拥有爸爸妈妈的时光，这是人生最美好的日子。

亲爱的佳淇，让我们用感恩的心，走过每一天向上向好的日子吧！

你的大朋友：王薇华

10月26日

> 我孤苦无助时，只有朋友帮助我；我伤心难过时，只有朋友安慰我；我开心快乐时，也只有朋友和我一起笑。
>
> ——杜文化，13岁，初一

敬爱的妈妈：

您好！

许久都没有见到您了，也不知道您在远方过得怎么样？吃住都还习惯吗？女儿在心里十分想念您。

您还记得您和父亲双双去深圳打工临走的那一天吗？您和爸爸收拾好行李说："妞，我和你爸爸要去深圳打工，供你和妹妹上学，不能在家照顾你。你在家要听话，不要胡闹，知道吗？"我含着泪点点头，心里十分不舍。谁知道，这一去，就是几年。

您还记得我小时候您带我和妹妹一起去深圳的事吗？那时我好像只有三四岁，妹妹也不过两岁。

有一天，您在厨房给妹妹冲奶粉，不小心把墙上的玻璃弄掉了，碎玻璃砸到了您的腿上，鲜血不停地流着。我害怕极了，哇哇哭个不停，妹妹见我哭，也跟着哭，那时，您疼极了，却还安慰我们。这时爸爸回来了，见您的腿被玻璃扎破了，连忙同几个人把您扶到出租车上，我也跟了上去。当您走进医院时，我在门口蹲着，心里很害怕，担忧地问旁边的大人："我妈妈会没事的，对吧？"旁边的人回答："嗯，会没事的。"但我的心还是悬着，妈妈您在医院缝合时，知不知道在外面的我焦急得可以用度秒如年来形容。

当您从医院出来时,我又哭了。不是害怕,而是释怀。从那一刻起,我知道您就是我最重要的人。

每当我们上体育课时,几个好朋友便会围在一起闲聊。说着说着,话题便会引到父母身上。好朋友们兴高采烈地讨论着自己的父母,说父母在家时对自己的关心、呵护以及自己对父母的撒娇、孝顺。朋友们高兴地说着,我在一旁听着他们说自己在家与父母促膝谈心时心里很不是滋味,心里想:我和父母一年才见几次面,每当父母回来,只会在家住一两天,便又去深圳了,都没有时间和他们聊天。

妈妈,您知道吗?那时的我很伤心、难过。我孤苦无助时,只有朋友帮助我;我伤心难过时,只有朋友安慰我;我开心快乐时,也只有朋友和我一起笑。

在我开心、快乐、痛苦和无助时,我多么希望您能陪在我身边,可是您不在。

妹妹和我是多么想念您啊!妈妈,回来吧!我不想要钱,我只想让您陪陪我。

祝您身体健康,万事如意!

您的女儿:杜文化
6月16日

> 请你相信"相信"的力量,只要你相信妈妈对你无私而又深沉的爱,你一定会体会到远方的她在时时刻刻关注着你,安慰着你,爱护着你。

古燕琴

担任班主任工作30年
曾任北京育才学校小学部主管校长
北京育才学校大兴分校校长
现任北京师范大学天津生态城附属学校副校长
曾获北京市中小学"紫禁杯"优秀班主任特等奖
全国三八红旗手
北京市五一劳动奖章
北京市优秀共产党员
北京市优秀教师
北京市第十次党代会党代表
新疆和田优秀援疆教师

亲爱的文化：

　　你好！

　　我在一盏昏黄的灯下读你的来信，在字里行间感受到了你对妈妈那牵肠挂肚的深深思念。我仿佛看见小小的你强忍泪水目送爸爸妈妈远去深圳，即使不舍也只能把爱藏在心底；看见无助的你蜷缩着守在医院门口，内心充满了担忧与害怕；看见落寞的你听着同学们大声谈论着自己的爸爸妈妈，独自体会那份深入骨髓的亲情。亲爱的文化，读到这些，我好心疼你，心疼你小小年纪就饱尝了人世间最苦的别离。但同时，我又很敬佩和欣赏你，敬佩你的勇敢与坚强，欣赏你的乖巧与懂事。在没有爸爸妈妈陪伴的日子里，你照顾好了自己，没有荒废学习，这一点从你的来信中就可以看出来。你娟秀工整的字迹，正是你内秀自律的体现。

　　亲爱的文化，我不知道小小年纪的你要有多坚强，才能承受与妈妈如此长久的分离，但我知道你一定在无数个夜晚将这种离别的思念一遍遍体味，猜想此时妈妈是否也在思念着你。我想你一定也会回忆起你们曾共有的欢乐时光，感受到妈妈对你深沉的爱，懂得妈妈的不易，理解妈妈的选择，然后在亲情的温暖中让自己不再孤独，不再惧怕寒冷。因为，你知道从始至终你都不是一个人，你有妈妈，虽远隔千里，仍心心相通。

　　亲爱的文化，我不知道内心纤细敏感的你要有多勇敢，才能在看到别的孩子依偎在妈妈身旁撒娇时故作镇定，但我知道你一定在心里无数次幻想过这样的场景，幻想你和你亲爱的妈妈相依相偎，彼此诉说这别后的万千思绪。我想善良的你一定能从妈妈眼角的皱纹、头上的白丝中感受到妈妈的辛苦，体会到生活的艰辛，孝顺的你一定会想要帮助妈妈做些什么。因为，我知道你心疼你的妈妈，你想让辛苦的她好好休息。

　　亲爱的文化，我不知道你曾独自面对了多少无助，才能在没有妈妈的日子里一天天长大，但我知道你一定无数次渴望妈妈鼓励的眼神，温暖的怀抱。我想你的妈妈也一定是这样的妈妈，她会在你跌倒时给你打气，在你失落时给你安慰，甚至有时候无须多言，一个拥抱就能化解你内心的悲伤。亲爱的文化，请你相信"相信"的力量，只要你相信妈妈对你无私而又深沉的爱，你一定会体会到远方的她在时时刻刻关注着你，安慰着你，爱护着你。

亲爱的文化，你在给妈妈的信里写道：妈妈，回来吧！我不想要钱，我只想让您陪陪我。读到这里我不禁鼻子一酸，眼角泛出了泪花。"妈妈，回来吧！"这是一个孩子对妈妈最深切的呼唤。此时，我多想抱抱你，给你妈妈般的怀抱与慈爱，轻轻擦去你脸上的泪水，告诉你妈妈很爱你，妈妈的心一直陪伴着你。我想，这也是你的妈妈想做的。

罗曼·罗兰曾说：世界上只有一种真正的英雄主义，那就是认清了生活的真相之后依然热爱它。我想，你和你的妈妈都是这样真正的英雄。面对生活的艰辛，你的妈妈没有抱怨，没有放弃，而是顽强地挑起生活的重担，只为给你和妹妹创造更好的生活条件。虽然你的妈妈不能时时刻刻陪伴着你，但我相信你已从妈妈的言传身教中学会了像妈妈一样坚强。你们一定会渡过生活的难关，早日团聚在一起。

亲爱的文化，每个人都有自己的人生轨迹，有些经历我们当时会觉得痛苦难耐，而经过岁月的沉淀，时光的洗礼，我们会从痛苦中得到超脱，会成为更好的自己。那时候，我们会感谢当时的自己，在面对艰辛的生活时没有放弃。没有妈妈的陪伴，于你而言就是一种痛苦，但我相信你也一定能够找到化痛苦为动力的良方，让生活充满阳光，让自己快乐起来。我想，这也是你的妈妈所期待的，不是吗？

亲爱的文化，或许你可以试着把对妈妈的思念都化作文字，再借助文学的力量穿越古今，在文学大家的文字中感受他们对母亲的怀念。你会知道，对母亲的爱与怀念，是中华民族永恒不变的主题。史铁生双腿残疾身陷轮椅后一度精神颓废，对生活失去了希望，因为母亲的坚强与隐忍，史铁生终于走出精神的囹圄，如他母亲所说的那样"好好活"，并写下了经典散文《秋天的怀念》。

　　亲爱的文化，从你细腻的文笔表达中，我读出了你纤细丰富的内心世界，这是一个写作者必不可少的特质之一。因此，如果你能从想念妈妈的悲伤中走出来，再带着对妈妈的爱与思念走进一本本文学著作中，把你的感受融入文字，让文字做你的知音，我想你会对母爱有更深刻的理解与体会。

　　亲爱的文化，给你的回信就写到这里了。光阴很短，母爱很长，愿我们都能超越时空的限制，让爱在彼此心间流淌，纵有万水千山阻隔，唯爱能够恒久流传。

古燕琴

11月29日

> 妈妈，我认为留守是一把双刃剑，它让我懂得珍惜与父母在一起的时光，让我懂得幸福生活来之不易，要好好学习……但它也让我的童年没有你们的陪伴。
>
> ——关胜男，13岁，初一

亲爱的妈妈：

您好！

我想您应该知道我是一个记事晚且记性差的女孩儿，童年记忆就像银河中偶尔闪现的几只飞船，与你和爸爸在一起的片段是少之又少。那时，我并不明白母爱、父爱、留守儿童是什么，我每天与爷爷奶奶、小伙伴在一起，过着单调却又快乐的生活，盼望过年与你们的团聚。

长大后，我知道自己是留守儿童，会常常思念着在远方打工的你们，但我知道你们外出打工是有原因的，你们是为了让我们拥有更好的生活，能够在家好好学习。

两年前，哥哥上了初中，无人接送，您只好回家。那时，我才了解你们，知道你们在外打工的艰辛与不易，并开始理解你们。天下没有不爱孩子的父母，你们是为生活所迫，是为了我们。

我记得您说过，再给您一次选择的机会，您不会选择外出打工，就算生活过得艰苦，也一定要留在家里。可我们都清楚，世上没有后悔药，我们没有第二次选择的机会。不过，我知道，您只是希望能参与我们的童年，让我们变得更好。

妈妈，我认为留守是一把双刃剑，它让我懂得珍惜与父母在一起的时光，让我懂得幸福生活来之不易，要好好学习……但它也让我的童年没有你们的陪伴。

妈妈，我知道您是关心我的。那次，您冒着大雪来学校给我送棉鞋。

同学见了，对我说："你妈对你真好！"我心里有点温暖又有点儿酸酸的。当我向您诉说成绩可能不好时，您说："没事，尽力了，下次考好就行了。"您给我鼓舞，给我安慰。这些，我都不会忘记。

　　妈妈，我知道，我让您伤心过。爸爸打来电话，我却不接，让您伤心；在学校不吃饭，让您伤心；因为小事和您顶嘴，让您伤心。这一切，我该怎样补救呢？

　　如今，看着您干活时劳累的身影，姥爷生病时您偷偷流下的眼泪，我知道，您在逐渐变老，也需要关爱，而我，已慢慢长大，要学会懂事。

　　谢谢您，我亲爱的妈妈！谢谢您，给我生命；谢谢您，在我失落时给我鼓励，为我做的一切。

　　祝您身体健康，万事如意！

您的女儿：关胜男

6月16日

> 我期望你有清晰的自我意识、有独立的自我，明白每一个人都是独立的个体，都需要为自己负责。

张少华

河南科迪速冻食品有限公司执行总经理
北京科迪家电子商务有限公司创始人

亲爱的胜男：

看到你这封给妈妈的信时，我的宝宝快要满月了。因为事业原因、经济压力、个人成长追求，我必须要尽快返回工作岗位。

但想到刚满月的孩子白天就没有了妈妈的陪伴，想到去外地出差时就无法哺乳幼小的宝宝，我的内心很煎熬。因为我自己的企业经营目前处于特殊时期，作为核心人员的我无法脱离业务太久，必须尽快回归工作。我想当年你的妈妈离开你们去外地打工，应该也经历过内心的煎熬吧。

不过我不想继续和你诉说我的煎熬，不想让你只看到生活的不易，现实的无奈。我更想和你分享的是，在做这个决定的时候，作为一个独立的个体，我是在尊重自我需求的前提下，做出的积极主动的选择。

和平年代，我们大多数人、大多数情况下都有选择的权利。对于我来说，选择的第一标准就是尊重自我，遵从自我满足感、幸福感。

如何尊重自我呢？首先是了解自我，了解外界，以及自我和外界的关系。简单点说就是我是谁？我适合做什么？有什么特长和爱好？对未来有什么规划？我所处的社会环境是什么样的？我所处的家庭环境是什么样的？在这些环境里我获取了什么能量、能回报什么价值？

自我不是自私，很多人分不清自我和自私的界限。有些只在乎自我的人走向自私的极端，也有很多不尊重自我的人，走向忽视自我的另一个极端。一个不懂得尊重自我的人，在我看来就是一个自己都养不活的人，自己都无法养活，自然是无法养活其他人的。同理，一个自我需求都不尊重的人，是无法长期回馈他人爱和能量的。

我认识一个姑娘，她的父母认为她读了大学，能有更高的收入，理所当然应该接济父母、接济学习不好考不上大学的弟弟。她内心虽有不甘，但又觉得不满足父母的要求就是不孝顺、不懂得感恩。于是每个月留下基本的生活费后，她把所有的钱都寄给了家里，工作几年下来，自己一点积蓄都没有。去年她生了一场不算小的病，因为没有积蓄，不得不向朋友借钱看病，当然给家里寄的钱自然也中断了。她的父母打电话向她抱怨，说她没有良心，她第一次向父母发了火，把内心的委屈和不满统统说了出来。父母一下子也懵了，双方冷战了几个月，后来父母主动找她和解，表示之前太自私了，没有为女儿考虑。

和父母和好之后的她，不再无底线地满足父母和弟弟的要求，人变得更加自信、神采飞扬，也顺利找到了愿意和她共同进步、一起打造小家庭的男朋友，再也看不到往日苦大仇深的模样。

如果她早一点尊重自我，逐步向父母提出自己的需求，或许就不会委屈不甘地活那么多年。

形成独立的自我，需要我们与社会、与他人、与选择进行互动和碰撞。

尝试更多人生的选择和可能性，珍视每一次选择的机会，在这个过程中，你会越来越了解自己，越来越懂得如何成为更好的自己。

你要了解自己，知道自己是谁；自己想要什么，不想要什么；喜欢什么，不喜欢什么；知道自己需要做什么，不必要做什么。

所以我期望你有清晰的自我意识、有独立的自我，明白每一个人都是独立的个体，都需要为自己负责。

愿你能知道"自己"是谁，自己的需求是什么，自己的目标在哪里，为"自己"而活。

张少华

10月30日

> 我希望有一天，我能变得很优秀，让您和妈妈骄傲地生活。您为我操劳和辛苦了大半辈子，我希望以后能换我来照顾您。

——胡锦硕，13岁，初一

亲爱的爸爸：

距离上次见面已经很久了，您在广州过得还好吗？是不是又忘记了要吃早餐？是不是又熬夜到凌晨两三点？是不是每天像我思念您一样思念我呢？

上次视频的时候，我发现您的头发又白了许多，岁月在您身上也留下了丝丝痕迹。看着您渐渐地苍老，我多希望自己可以替代您照顾全家。多希望您能陪着我，让我拉起您的手，去看星星、月亮及一切美好的事物。

您现在还总是担心我的学习吗？我现在上了初中，明白了学习的目的和意义。之前的我总是爱玩，落下了许许多多的功课，今后我一定改掉自己那一堆的坏毛病，不再把该做的事一直拖延。因为初中的生活让我明白了一个道理：人活在世上，只有拼出来的成功，没有等出来的辉煌。我知道现在干什么都不容易，也能理解您很少回家的原因。

您现在身体还好吗？我知道您在广州干活很不容易也很累。我总是问您：累吗？您的回答永远那么的一致：不累。我知道您又在骗我，您眼角那丝丝细纹和眼中的疲倦已经告诉我答案了。爸，累了就早点回家，好吗？

我希望有一天，我能变得很优秀，让您和妈妈骄傲地生活。您为我操劳和辛苦了大半辈子，我希望以后能换我来照顾您。

小的时候，我总是喜欢看您的背影，因为我觉得只要我一直这样看着您，您没准就不走了呢！于是我一直看着，直到您消失在我的视线之中。

胡锦硕（左）和老师

记得有一次临行前,您用那双砂纸一般粗糙的手贴上了我的脸,说人就应该像鹰一样,为了自己的梦想而搏击翱翔。您的话语一直伴随着我,让我受益匪浅。

爸爸,若我眼前的这朵白云能带去我对你的思念和担忧,我想对您说:"照顾好自己,还有,我爱您!"

您的女儿:胡锦硕
6月14日

深深地祝福你和爸爸，祝福你们全家在未来也可以一直相互关爱、鼓励、支持、陪伴，祝福你们都像雄鹰一样展翅翱翔，追求自己的梦想！

李微
———

"长腿叔叔信箱"公益项目创始人

亲爱的锦硕：

你好！

我看到了你给身在广州的爸爸写的信，清秀工整的字迹，密密麻麻写了三页。这让我想起了自己的初中生活，和那个时候我眼中的父母。那时候的我，每天沉浸在自己的小世界里，心里只想着自己的学习成绩，怎么能多和好朋友们在一起玩儿，以及暗暗喜欢的男生。对于爸爸妈妈，我真是一点儿概念也没有，我并不知道那时候他们的生活是怎样的，他们为我做了什么，他们的工作有多辛苦……

所以，当看到你在信里关心爸爸的生活，留意他头上的白发、脸上的皱纹、粗糙的双手，我不禁感叹，你是一个多么懂事、早熟的孩子啊！但是，也正因如此，我也有些心疼你。十三岁的你，写下这封信的时候，是怎样的心情呢？看得出，你很想念爸爸。爸爸离开家去广州打拼的这些年，也正是你成长中很关键的几年。在这个过程中，无论是你，还是妈妈，或许你还有兄弟姐妹，都是需要爸爸的，这种需要不只是需要爸爸挣钱养育你们，更是需要爸爸的陪伴和关爱。同时，我也能看到，刚刚上初中的你内心并不轻松，你肩负着爸爸妈妈对你的期望，甚至已经意识到要为这个家庭承担自己的一份责任了。

我也不禁猜测，如果爸爸收到了这封信，他会是什么感受呢？当他读到"爸，累了就早点回家，好吗"的时候，会不会潸然泪下，恨不能马上回到你们身边去呢？我想他会的。生而为人，每个人都有脆弱的时刻。一如你们在家里过着没有爸爸的生活是不容易的，爸爸常年独自一人在外打拼，面对的疲惫、困难和孤独更多。但是，爸爸都扛过来了。他还对你说："人就应该像鹰一样，为了自己的梦想而搏击翱翔。"他说得真好，而且也正在践行自己所说的这句话。

写到这里，我突然想起最近看的一部纪录片。

这部纪录片讲述了一个普通的城市家庭，在二十世纪九十年代兴起出国潮的时候，父亲独自前往日本留学和打工，希望通过这种方式改变家庭的经济状况，供自己的女儿出国读书。但是后来，因为种种原因，这位父亲的签证（留在国外的合法依据）出现了一些问题，他只能选择非法留在日本而中途不得回国，或者回国而再也无法进入日本。最后这位父亲决定留在日本。没曾想这一留就是十五年。在这十五年里，他一次都没有回过国，没有和妻子孩子见过一面。

在这十五年间，曾经有很多人质疑这位父亲，是否真的是为了家庭而选择留在日本的。但这些质疑，都没有动摇他的决心，也没有动摇他们稳固的家庭关系。他在国外努力打工挣钱，他妻子在国内一边工作一边独自养育女儿，而女儿一边努力学习一边帮助妈妈料理家务。

后来，他的女儿被美国一所很好的大学录取了。在去美国的大学报到时，女儿特意买了经停日本的机票，与十五年未见的父亲见了一面。父亲当年离家时，女儿只有三岁，而这次见面时，女儿已经成年了。因为分别了太久，父女俩之间难免有些陌生和尴尬。但是，他们的内心都有很多很多的话想说，彼此默默相望，欲言又止……看到这里，我忍不住泪流满面。

再后来，当女儿终于在美国落脚，这位父亲才决定离开日本回国。几年后，女儿大学毕业、结婚生子，他和妻子又决定去美国和女儿一起生活。至此，一家三口才终于重新生活在一起。

我相信，不是所有的家庭在面临着同样的情况下都能有这样的结局。有些父母很难为了更长远的目标而苦苦坚持，也有些孩子不能理解和体谅父母的决定。因此，可能有些家庭会破裂，也有些孩子会不求上进。但是这个家庭没有。他们是怎么做到的呢？要知道，在那个年代，互联网还没有普及，不但不能视频，就连普通的电话都很贵，所以他们只能依靠书信来交流。就这样，他们夫妻之间、父女之间，一直都保持着书信的往来。虽然相隔千里，但他们一直在彼此鼓励、相互依靠，他们是支撑彼此的力量。

锦硕，你知道吗，在你写给爸爸的信中，我也看到了这种力量。

这种力量是什么呢？在这个世界上，我们也许会觉得有很多重要的东西，比如金钱，比如学历。但是，最重要也最有力量的东西，是爱。爱是温暖的，也是安全的；爱是柔软的，也是坚强的；爱让我们眼中有目标，心中有希望；爱让我们不畏恐惧，让我们超越困难；爱让我们感受到自己的价值，也让我们体验到活着的意义。

你的这封信让我看到，你和爸爸之间就流动着这样的爱。正是因为如此，苦一点，累一点，有时彷徨，有时脆弱，有时难过，有时无奈……都是可以接受，也是可以跨越的。

所以，当你问爸爸"爸爸，您累吗"，而爸爸回答"不累"的时候，他是在说"为了这份爱，累是值得的"。

所以，当你不舍得爸爸离开，而他还是留给你一个背影的时候，他是在说"为了这份爱，离开家也不可怕"。

所以，当你说"我希望有一天，我能变得很优秀，让您和妈妈骄傲地生活"的时候，你是在说"为了这份爱，我愿意努力"。

所以，当你说"我理解您很少回家的原因"的时候，你是在说"我明白您为了这份爱所做的一切"。

这是多么美好的情感！

谢谢你让我有机会读到这封信，有幸看到爱在你和爸爸之间传递，在你们的心里珍藏，这让我感到无比温暖。深深地祝福你和爸爸，祝福你们全家在未来也可以一直相互关爱、鼓励、支持、陪伴，祝福你们都像雄鹰一样展翅翱翔，追求自己的梦想！

李微

10月27日

> 妈妈，这么多年了，我早已忘记了您和爸爸的面孔。我曾努力地回忆，但换来的还是一片空白。
>
> ——黄佳荣，12岁，六年级

亲爱的妈妈：

您好！

这是我第一次给您写信，不知您能不能看到。

妈妈，这么多年了，我早已忘记了您和爸爸的面孔。我曾努力地回忆，但换来的还是一片空白。

记得从我三岁那年，我们就只能在梦中相见。我们最近一次相遇，还是在那个漫长的夜晚。

"妈妈！您回来了！"我看见了您，猛地扑了上去。"哎哟，几年过去，宝贝长高了！"您也紧紧地抱住我。"对呀！妈妈，您不在的日子里，我每时每刻都在想您。""妈妈也想你，今天妈妈带你去游乐园玩，好吗？""好！"我开心地坐到您的车上……

"啊！妈妈！"我从梦中惊醒。果然，又是一个梦，我的泪水湿透了枕头。

"佳佳，怎么啦？"爷爷跑到我房间。我靠在爷爷的肩上，哭着说："爷爷，您说，妈妈和爸爸什么时候才能回来？"

"再等等吧，就回来了。"爷爷抱起我，摸着已经湿了的枕头，也不停地擦眼睛。

爷爷曾不止一次对我说，过年的时候，您和爸爸就会回来的。我等啊等，直到有一天，我等来了您的消息。

"儿子啊，佳佳天天在念着你们。"奶奶在厨房里打着电话。电话的另一边说："妈，今年估计不能回来了。我买了几件衣服给您和爸，还有佳佳，还买了年糕。妈，不和你说了，我们总监喊我了。"

"忙就好，忙就好。"奶奶走出厨房，"佳佳，你……你……都听到了？"

泪水淋湿了脸颊，我边擦眼泪边说："嗯，奶奶，他们不回家，我们自己过！"

"好孙女，真是小大人了。"奶奶摸着我的头说。

妈妈啊，我什么时候才能真正地看见您！您的面孔已经从我的记忆里消失了。妈妈，您快回来吧！我长大了，会照顾自己了，您快回家吧。我不会再无理取闹了，不会了，永远不会了。

您的女儿：黄佳荣

6月20日

黄佳荣

不要再去纠结于和爸爸妈妈不在一个城市，而应该多想一想，你们的心在一起。你想他们了就说出来，还可以经常和他们聊天、沟通感情。亲情，多远的距离都阻隔不了。

派妈丽莎

北京大学硕士
樊登小读者 IP 讲师
曾任少儿节目主持人
央视少儿频道育儿节目导演
《宝宝树》首席主持人与节目制作人

黄佳荣同学：

见信好。

你生活在湖南岳阳对吗？岳阳真是个好地方，那里有美丽的洞庭湖，壮观的岳阳楼。相信你的爸爸妈妈远在他乡，也会思念故乡，也会思念故乡的你。

看到了你给妈妈写的信，很感动。我这个陌生阿姨的回信，也许不能替代爸爸妈妈给你的回复，也不一定能帮你缓解对爸爸妈妈的思念，但不管能不能起到作用，我还是很想和你聊聊天。如果你恰好有时间的话，我们聊聊亲情、聊聊人生的话题好吗？

荣荣，我可以这样称呼你吗？先自我介绍一下哦！我是派妈丽莎阿姨，我的儿子派和你差不多大，你在岳阳读六年级，他在北京读五年级。我现在的工作是给小朋友们讲绘本故事，经常会和很多小朋友在一起。如果可能的话，我们可以成为好朋友，邀请你来听我讲故事哦！

我们先谈谈"爱的表达"吧！

看了你的信，我觉得有一点你做得很对，想妈妈就要大声说出来！能说出对妈妈的思念，特别好。其实我有时也会出差好多天，我的儿子会给我打电话，但从来不说想我。所以，只能我说哦！我会说："给我打电话是想我了吧？"他会很害羞地承认。我觉得能表达自己的想法让家人知道，这是一种很好的亲人之间沟通感情的方式。如果不能经常见面，那就更需要沟通感情了。

那么，怎么和爸爸妈妈沟通感情呢？

荣荣，现在通信发达了，其实我们可以通过很多形式和爸爸妈妈联系和沟通感情，比如传统的方式，写信。你这次写给妈妈的信就很好呀，如果不是老师让你写信，你估计不会想到吧？其实在过去，我们小的时候，没有手机，都是通过写信和朋友、亲人联系的。

荣荣你知道吗？写字和说话不一样，字落在笔下，经过思考，会有更深刻的表达。爸爸妈妈会看到你字里行间更深刻的真情实感，也会更真切地感受到你的思念。况且，有的时候"我爱你，我想你"这种话，如果嘴上怎么都说不出来，努努力也是能写出来的，不信你试试？哈哈！

写信还有一个好处，就是爸爸妈妈可以把你的信锁在抽屉里保存起来，多年后拿出来看，还能感受到当时你对他们浓浓的爱，是一种很好的"爱"的保存。

除了写信，还有很多种沟通感情的方式，比如你可以经常跟他们打电话或者视频聊天哦！如果爸爸妈妈特别忙，可以约定一个相对固定的时间，比如每周日晚上，大家都留出时间聊天。如果不能见面抱抱，就视频里多看看，电话里多聊聊。说说你最近学校里发生的好玩的事情，问问他们最近工作忙不忙。

一家人经常聊聊天，彼此都会感觉很幸福，是有亲人牵挂的那种幸福。你表达了对爸爸妈妈的思念，情感得到释放。爸爸妈妈也会因为你的这份牵挂，工作更有干劲呢。

荣荣，你长大了就会明白一个道理：生活总是有很多无奈。有时，爸爸妈妈出门打工也是迫不得已，你可不可以试着理解他们的离开呢？

我知道你很想念爸爸妈妈，有时心里还会责怪他们吧？你可能会想，为什么同学的爸爸妈妈都在身边，我的爸爸妈妈不在身边呢？过年的时候，别人家老老小小团聚在一起，为什么我们家爸爸妈妈不回来呢？其实，他们出去打工，可能是为了赚更多的钱，让你过上更好的生活，这正是因为他们爱你啊！甚至比同学的爸爸妈妈更爱自己的孩子呢！他们既想跟家人在一起，又绞尽脑汁想办法怎么赚更多的钱，他们的内心也是很矛盾的。每年过年，为了省下路费，也只能选择不回来，而是给你买新衣服寄过来，给爷爷奶奶多打点钱让你们买好吃的。理解了这些，你心里好受一些了吗？

我也在试着理解荣荣你的心情。三岁时，爸爸妈妈就出门打工，你那会儿肯定比现在还要更想念他们吧?看着那些在妈妈怀里撒娇的小朋友,你也会躲在屋里哭鼻子吧?

但是,这些都已经过去了。你已经坚强地度过了九年,相信你能让自己很好地接受现在的生活状态了,对吗?你一定是个坚强乐观的好孩子,对吗?

是的,爸爸妈妈虽然不在身边,但他们同样思念你、爱着你,身边的爷爷奶奶也那么疼你。你并没有比别的孩子缺少爱呢,是吗?

荣荣,你现在已经是六年级的大孩子了,是不是也有自己的生活,自己的朋友和自己的爱好呢?放学后,做完作业有没有约同学们一起玩?我的儿子派就经常约一些同学打乒乓球、羽毛球、桌上足球,玩得一身臭汗回来,很开心。

你平时喜欢什么运动呀?我觉得每个人都应该有一个运动的爱好,不但能强身健体,还可以让自己更快乐哦!因为,运动时会分泌更多的多巴胺,会让人有愉悦的感觉,这不是派妈阿姨哄你,是有科学依据的。

除了运动,我们还可以有一些别的爱好,让自己业余生活更丰富多彩一些。比如画画、看书、读诗、写字、听音乐。我小时候就喜欢画画,经常画很多小公主、小动物,然后贴在书桌前。现在长大了,我虽然没有从事画画相关的工作,但还是很喜欢,偶尔也会拿起画笔,听着窗外的雨声画画,感觉好惬意。偶尔我心情不好的时候,还会坐下来写字——临摹字帖,或者听一些安静的音乐。我发现这是个很好的静心办法,也分享给你哦!

人呢,只要有自己的爱好,就有很多事情可以做,就能让自己生活更充实、精神更富足。这样,无论你长多大,在哪个城市生活,和谁在一起生活,都能过得很充实快乐。

荣荣,我们最后谈一谈"心态"这件事吧。心态真的是可以决定一切!

其实，你有没有想过，一个人过什么样的人生都是我们自己选择的。是开心还是悲伤？充实还是闲散？努力还是懈怠？无论过哪种人生都是自己主宰，都是由我们的心态决定的。

如果每天都在回忆不可能改变的事实，每天怨声载道，那是不会快乐的。世间之事都有好的一面和不好的一面，我们要积极地看到好的一面。

比如桌子上摆放着半杯水，乐观的人会说："哇，有半杯水呢，有水喝哦！"悲观的人会说："为什么只有半杯？还有一半是空着的呢？"同样的半杯水，乐观的人看到的是水，而悲观的人看到的是半个空杯子。荣荣，你愿意做那个看到水的快乐的人吗？我相信是的。

所以不要再去纠结于和爸爸妈妈不在一个城市，而应该多想一想，你们的心在一起。你想他们了就说出来，还可以经常和他们聊天，沟通感情。亲情，多远的距离都阻隔不了。思念，其实也是一种很美好的感情呢！

祝开心永远！

你的朋友：派妈丽莎
12月3日

> 我们总是接受父母给予我们的,却忘了如何去回报父母,哪怕是一通电话,一个消息,一句生日快乐,他们都会高兴地笑成一朵花。
>
> ——李娜薪,13岁,初一

亲爱的爸爸妈妈:

你们好!

你们最近工作怎么样?一切还顺利吗?我想你们了。

对于孩子的成长来说最需要的就是父母的陪伴,但对于我们这些孩子,见上父母一面并不太容易。父母对儿女的关心,总是表现在嘘寒问暖上。我们可能认为那是唠叨,但在父母心里,那是对子女的爱的最好诠释。

可怜天下父母心,我知道这个世界上父母都是特别爱子女的,特别想陪在他们的身边。可是为了让我过得更好,获得更丰富的物质生活,你们只得背井离乡,外出务工。

有些孩子可能认为这是父母应该为我们做的,觉得父母既然生了我,那就得去养我。可是换个角度想想,父母又何必去活得那么累呢?我们总是接受父母给予我们的,却忘了如何去回报父母,哪怕是一通电话,一个消息,一句生日快乐,他们都会高兴地笑成一朵花。

当我在昏黄的灯光下看到妈妈您头上的银

丝，当我为爸爸洗脚时看到您脚上那刀刻般的皱纹，我的心不由得一阵阵抽搐。

　　时光似箭，日月如梭，我在一天天长大，而你们却在一天天变老。你们为我做了那么多的事，含辛茹苦地养育了我十三年。我知道，你们不容易。现在我能做的就是好好学习，长大后报答你们。如果有一天，你们站也站不稳，走也走不动，我会紧紧握住你们的手，陪你们慢慢地走，就像当年你们牵住我一样……

　　爸爸妈妈，我爱你们。

爱你们的女儿：李娜薪
6月28日

我很感谢你，因为你给我上了一课，让我看到了自己的不足……爱不是享受，而是付出。就像父母无条件地爱我们一样，当我们无条件地爱父母时，幸福就悄悄来临了。

贾方方

媒体人
心理咨询师

亲爱的娜薪：

很高兴认识你，通过你的信，我对你有了很多了解。为了公平起见，请允许我先来做下自我介绍吧。

我叫贾方方，是一名媒体人，掐指一算才发现，我的工作年龄几乎和你的年纪差不多，算是个老阿姨了。不过，我更想做你的大姐姐，因为心永远年轻嘛，哈哈。"年轻"的我很喜欢分身，常用"龙方媛"这个笔名写一些文字；因为爱吃馒头，偶尔还会化身"馒头姐"。这就是我啦。

亲爱的娜薪，见信如面，你的文笔很棒，有时间的话，欢迎给我写稿呀。有机会的话，我们还可以一起聊聊文字那些事儿。对了，悄悄告诉你，你的信，我读了可不止一遍哟，每一次读都有不同的感受。

第一次读时，我很心疼你，因为我看到了你的克制和懂事。

明明那么渴望父母的陪伴，却匆匆一笔带过，只写了一句"见上父母一面并不太容易"。其实，我亲眼见过孩子对父母的这种思念有多强烈。和你的父母一样，我有一个朋友为了给孩子创造更好的生活环境，在孩子很小的时候就外出打工，有时候一家人一年都见不上一次面。有一次过年，他又没回来，我去他们家做客，正巧遇见他妻子和孩子聊天。小朋友说："妈妈，我想让爸爸回来陪我们一起过年。"妈妈说："如果有两个选择，爸爸可以挣很多钱，但不能陪你；爸爸能陪你，但不能挣很多钱，没办法给你买很多玩具，你会选哪个呢？"他毫不犹豫地回答："我要爸爸。"妈妈瞬间泪崩，惹得我也偷偷抹泪。

我也是从你们这个年纪走过来的，所以特别知道玩具对于这个年纪的孩子有着多致命的吸引力。但即便如此，他仍决绝地选择了爸爸。他才四岁，不懂得克制自己的感情，把思念说得那么直接而不假思索。而年仅十三岁的你，与父母的分别时间远超过这个小朋友，那份思念有多深，可想而知。而你选择了轻描淡写，努力去理解父母。有时候，所谓的一夜长大不过是被迫懂事。想到这些，我就忍不住很心疼你，很想抱抱你。

第二次读时,我很欣赏你,因为我看到了你的睿智。

你说,儿女把父母的嘘寒问暖当作了唠叨,不懂得珍惜,但其实,这就是父母表达爱的方式。你知道吗,就是这么一句话,多少人花了一辈子的时间才懂得。而在此之前,他们对父母百般嫌弃,恨不得早一点离开父母,到更远的城市读书,到更远的地方工作。可是,等真正离开了,他们才发现,自己对父母是多么依恋和不舍,想去弥补和挽回时,却发现再也回不去了。而你小小年纪,就透过唠叨的现象看到了爱的本质,还懂得反思自己,多智慧啊!因为这份智慧,我想你一定不会有类似的遗憾,相反,会因为珍惜而更加幸福。

你说,父母愿意为孩子付出一切,而他们本可以选择不必这么累。因为工作的原因,我采访过很多家庭,也见过很多孩子,其中有一些孩子会

因为妈妈没有给自己买最新款的游戏机而生气，觉得妈妈就应该满足自己的任何要求；也有的孩子会觉得自己的父母不如别人家的父母，不能给自己买大房子、找工作；有的孩子会仗着父母的爱有恃无恐，提出各种无理的要求……在他们看来，父母就该如何如何付出，而孩子就该如何如何心安理得地享受。一旦没有得到满足，就会充满怨言。可是，他们忘了，爱本就不是用来比较和计算的。

父母因为爱而选择了把孩子带到这个世界上，也因为爱而竭尽全力去付出。他们没有太多的算计，仅仅是因为爱。而作为孩子，我们除了感恩，别无他选，也不该有他选。因为这份对爱的理解，你成了一个特别懂得感恩的孩子，感恩父母养育自己的十三年，感恩父母选择为自己而奔波。而且，我注意到，你的这份感恩不只是停留在口头上的表达，而是在用实际行动去兑现。好好学习，成为更好的自己，没有比这个回报更让父母欣喜和心安的了。

懂得感恩的人，运气都不会太差，说的就是可爱的你呢。

第三次读时，我很感谢你，因为你给我上了一课，让我看到了自己的不足。

你说，我们总是接受父母给予我们的，却忘记了如何去回报父母。不知为何，人长大了，会渐渐和父母疏远起来。对于这份疏远，每个大人都有自己的理由，工作太忙，距离太远，身体太累……总之，但凡需要和父母谈心聊天时，就没时间没精力。有时候，这些大人并不是不知道父母对自己的挂念，可就是懒得去回应他们，怕麻烦怕啰唆。实在逃避不了，就用各种物质来替代，给父母很多很多钱，或者给他们买很多很多东西。他们以为这样父母总该满足了吧，如果父母再说些什么，就会显得很不耐烦。可是，他们忘了，小时候父母是如何爱自己的，是如何不厌其烦地倾听自己的。

不得不承认，在这一点上，我自己做得很不好。读大学时，我很少给父母打电话。妈妈想我了又不好表达，就会找姐姐给我打电话。姐姐说得很婉转，最近给咱妈打电话了吗？记得给咱妈打电话呀。在这种"催促"下，我有些不太情愿地打了电话。现在想想，每次妈妈的声音都充满了惊喜和开心，哪怕只是聊聊今天吃了什么，她都会开心得像个孩子。就像你说的，哪怕是一通电话，一个消息，一句生日快乐，他们都会高兴地笑成一朵花。

工作后，我很少回家看望父母。刚开始是觉得离家太远，坐飞机很贵；后来觉得彼此太熟悉了，哪有那么多可见可聊的。直到爸爸要做手术，妈妈也被医生建议最好做手术，姐姐给我打电话，我这才意识到：曾经为我扛下所有不易的父母，真的老了；而我，对他们的关心实在太少了。

人总是在面临失去的时候，才懂得珍惜。在这之后，我开始试着去改变。主动给爸爸妈妈打电话，随便聊聊吃了什么，做了什么，哪怕是陈芝麻烂谷子的小事也聊得津津有味。你知道吗，在这种漫无目的的聊天中，我竟然破天荒地知道了自己出生的全过程。原来我是妈妈自己在家生的，没有医生，没有护士，就那么自然地落地。真的是太厉害了，是不是？难怪我会成长为一个打不死的小强呢。我还给他们买了智能手机，有事没事就视频聊天。在视频里，我看到妈妈脸上的皱纹越来越深，爸爸的身躯越来越佝偻，虽然这些让我感到很伤感，但却也庆幸，因为自己可以陪着他们一起走过这段必经的时光，不留遗憾。

神奇的是，在这个过程中，我并没有因为关照父母而觉得疲惫，也没有给日常的生活和工作带来任何不便，反而发觉幸福感在与日俱增，甚至常常有爆棚的感觉。那一刻，我才真正体会到了爱的真谛：爱不是享受，而是付出。就像父母无条件地爱我们一样，当我们无条件地爱父母时，幸福就悄悄来临了。

亲爱的娜薪，每一遍读你的信，我都在很认真地去感受你的感受。如果你的妈妈看到这封信，也一定能感受到你的爱。这份爱可以鼓舞她一天的斗志，这份爱可以吹散她一天的疲惫，这份爱可以跨越距离和时间，让你们即使不得不分离却依旧可以紧紧相连、彼此温暖。

亲爱的娜薪，人生的每一段经历都是不可多得的财富，生活少不了艰辛和考验，却也有甜蜜和馈赠，就像如今的你如此睿智、聪慧、善解人意。愿你能够一直保持这份自省和向上的力量，愿未来的你出走半生，归来仍是少年。

你的大姐姐：贾方方

10月28日

> 原来您不是不想回来陪我，而是想努力赚钱，让我们过更好的日子；原来您为了能供我上学，磨出了老茧，熬出了胃病；原来，您一直都很爱我，只是我从未察觉。
>
> ——李诗怡，13岁，初一

亲爱的父亲：

您好！

已经数不清有多少个日子我都在思念、流泪，每当夜深人静之时，往日的记忆总是涌上心头，在脑海里回放成长的一幕幕。那时候我就经常在想：您是否也在思念着远在家乡的女儿？

从有记忆开始，我们之间唯一的联系就是那个冰冷的手机，不带一丝温度。在每天一遍的电话中，您对我说的也无非是那几句老掉牙的话：好好学习，不要玩手机，要听你妈的话。您知道吗？那时的我一度认为您不爱我，否则您为什么不回来陪我？年幼不懂事的我却不知您背后对我深沉的爱，那是沉默寡言的您唯一的表达方式。小小的我对父爱的渴望以及数不清的委屈终于在有一年中秋节那天爆发，眼泪像喷泉一样拼命地流出来，极致的孤独在胸腔中蔓延开来，当时的我固执地认为只要我哭一哭，爸爸就会心疼，就会回来。这样，我们一家人就可以过个圆满的中秋节了，那可是我梦寐以求的事啊！但到最后，痛哭流涕的我只等到了妈妈的声声道歉和安慰。窗外传来的别人家的欢声笑语，深深刺痛了我，那一次是贪睡的我唯一的一夜无眠。

后来的我慢慢长大了，不再是当年那个哭着求爸爸回来的小女孩了。我已经慢慢学会了很好地隐藏情绪，纵然心中再痛，面上已能不露分毫。但是您知道吗？我虽然懂事了，知道您出去是为了挣钱养家，但心中还是对您有些许不满。我想，您若是真的爱我，为什么我们要靠手机来联系？

您为什么不能回来？在这边找一份工作也是可以的啊！那种痛楚在开家长会时更甚，每年的家长会来的都只有妈妈，而别人的爸爸妈妈都来了。您知道吗？我看着他们脸上洋溢着的甜蜜笑容，心好像被利刃狠狠划过，痛彻心扉。

终于，您回来了，那是在我高烧到四十二度时您回来了。从死亡线被拉回的我刚睁眼就看到了您，您趴在病床上睡着了，黝黑的脸上被岁月刻满了道道皱纹，下巴上长出了青色胡茬，眼睛底下有着浓重的黑眼圈……看着这样的您，我鼻子一酸，眼睛一红，眼泪忍不住落了下来。

后来，我从别人口中了解到了一切。原来我在医院输液时，长途奔波的您不顾别人的劝阻不眠不休地陪了我一晚，直到我完全退烧；原来您并不是不想在这边找个工作，而是和公司签的有合同，需要干满十年；原来您不是不想回来陪我，而是想努力赚钱，让我们过更好的日子；原来您为了能供我上学，磨出了老茧，熬出了胃病；原来，您一直都很爱我，只是我从未察觉。

他们说，每一道风声都是亲情的呼唤，那么，我能不能用风，传递对您的思念？

祝您身体健康！

您的女儿：李诗怡

6月6日

你是幸运的，你的爸爸妈妈希望尽自己最大的努力，给予你最美好的未来，这是因为他们对你爱得深沉而坚定！

许多多

国家二级心理咨询师
家庭教育指导师

诗怡：

　　请允许我这样称呼你好吗？

　　我叫许多多，是一个和你远隔千里的阿姨，现在，我正在出差途中的飞机上，在几万米的高空中，读着你写给爸爸的信！看着至真至诚、有爱且入心的文字，你小而强大的爱，仿佛把我带入时空的隧道，带我穿梭回我儿时的世界里。我好像看到了儿时的自己坐在家门口的台阶上，双手托着下巴，眼神期盼地望着远处，等待着三个月不曾见到的父亲。

　　在美好而珍贵的童年，少了父亲的陪伴，对于女儿来说是孤独和无助的，阿姨与你有着相同的经历和感受！小的时候，我最怕夜晚，后来才明白，我不是怕黑，而是怕夜晚的思念！阿姨小时候的年代，通信不便捷，连你信里提及的"最冰冷的手机"也是没有的，我无法联系爸爸，也不敢问妈妈。我不敢问爸爸什么时候回来？爸爸有没有往妈妈的单位打电话？爸爸有没有和妈妈提起他想我了？我不忍心总和妈妈提起爸爸，因为我知道妈妈也很想念爸爸！每天放学后，我都会在大书桌前写作业，妈妈坐在书桌旁，边校对稿件边陪着我。我们俩就这样，安安静静地完成自己的事情。

　　那会儿，爸爸既像我的好朋友，也像我的老师，在每次短暂的见面时间里，他都能带给我很多我不曾理解、也没有发现过的新认知。爸爸告诉我，在这个世界上，不会和自己分离的，只有两个朋友，那就是运动和阅读。运动，可以让我们对自己的掌控能力越来越自如。拥有健康的身体，是一切美好的开始。阅读，可以打开我们的思维，带我们去到我们想象不到的空间，重新定义我们看待世界的方式。就像我们在地面生活，眼睛里看到的是发生在自己身边的事，这些小事慢慢占满了我们的世界。可当你在云端时，就会感受到地面的一切事物都是那么渺小，从关注一个点，升高到纵览全局的视野来看待问题，才能得知，站得高才能望得远！

　　时间的长河对任何人都是一样地流淌，即便是我们最爱的父母，也会慢慢变老、逝去，而在这个星球上，我们还要继续努力生活，热爱生命！

诗怡，你是幸运的，你的爸爸妈妈希望尽自己最大的努力，给予你最美好的未来，这是因为他们对你爱得深沉而坚定！

诗怡，我是一名讲授积极心理学的老师，在一次戏剧课上，我们引用了一个故事——《爱丽丝梦游仙境》。这个故事你可能也看过。故事的主人公是一个叫作爱丽丝的小女孩，因为被一只会说话的兔子所吸引，掉进了一个神奇的王国。在这个王国里，她曾经一不小心滑进了一个大池塘。因为尝到池塘里的水是咸的，爱丽丝便认定自己是掉到了海里去。然后，她很高兴地觉得自己马上就可以坐火车回家去了。爱丽丝为什么会这么想呢？因为她回想起了自己和家人去海边玩的一次经历，她觉得既然上次自己是坐火车从海边回家的，那么这次，自己也一定能在附近找到火车站，然后就可以用相同的方式回家。

听到这儿，你觉得爱丽丝的推理有没有问题呢？很显然，水是咸的，但并不代表就是海水，因为还有可能是含盐量比较高的湖。退一步说，就算真的是海，也不一定是和家人一起去游玩的那片海。

像爱丽丝这种猛然一听觉得似乎很有道理的事，也常常发生在我们身边：比如"我奶奶每天吃十颗生大蒜，她活到一百零二岁，所以吃生蒜有助于健康长寿"；比如"我们班大多数学生都有手机了，所以我也应该用手机"；再比如"我的作文没及格，语文老师肯定会因此而不喜欢我"，等等。在古希腊，有一位博学多才的哲学家叫亚里士多德。他通过研究发现，人类天生就带有一些错误的思考习惯，他还给这些错误的思考方式起了一个名称，叫作谬误。

世界上有很多伟大的人，并没有被自己的父亲陪伴长大，然而，这并不妨碍他们成熟、理性、优秀、健康而积极！因为成长中与家人的分离比较多，反而让自己处理问题的能力更强大，也促使我们对身边的人和事比其他人感知能力更强。这些高敏感度的意外训练，反而成了我们日后学习和工作中的极大优势。识别和守护自己的优势，把优势紧紧地握在自己的手中，这将是我们往后学习生活中最强有力的武器！

很多领域的牛人，都掌握一个秘诀，那就是用身体去感受这个世界。如果你不曾被雨滴打湿过头发，你就无法感受水滴滑过发丝的速度；如果你不曾踏在秋天的落叶上，你就无法体会那隔着鞋子的脚底的细响。去散步、去跑步、去静静地体会周围的世界，风声、雨声、树枝摇动的声音、脚步的声音、车的声音、同学们的嬉笑声……闭上眼，深深地感受来自远方的爸爸的声音！

诗怡，在云端，就会遇见向上的力量！阿姨期待你去感觉一下这个星球，然后来告诉我你遇见了什么。

亲爱的诗怡，现在，你手上握有坚固无比的钥匙，那就是你的优势，掌管它，让它帮助你开启新的成长。

祝你一切顺利！

多多阿姨
10月30日

> 您一直在外地上班,差不多一年才回来一次。但您的爱就像无线网络一样,从远方传到我的心里,让我一点也不觉得孤独。
>
> ——李兴达,13岁,初一

亲爱的妈妈:

您好!

几个月没有见到您了,您还好吗?您一直在外地上班,差不多一年才回来一次。但您的爱就像无线网络一样,从远方传到我的心里,让我一点也不觉得孤独。

去年的冬天来得很急,温度急剧下降,我还在期盼着天空飘落晶莹的雪花。那天晚上,我正在写作业,忽然听到一阵阵电话铃声。接着,奶奶推开我的房门,把手机放在了我的耳边,笑着说:"猜猜,谁来的电话?"还没有听到声音,我就心有灵犀地猜到是妈妈您,大声喊道"妈妈,我想你!"果然,电话那头传来妈妈温柔的笑声,随后是妈妈那特有的亲切的声音:"儿子,天冷了,我给你寄了双棉鞋。是你最喜欢的蓝色,图片等会儿发给你,两天后就到了,记得要穿啊!"我高兴极了,兴奋地喊着:"好的,好的,我一定拿到鞋就穿!"打完电话,我赶紧拿起手机打开微信,看到妈妈发来的图片,图中那双蓝色小熊图案的棉鞋似乎正在闪闪放光,我的脸上瞬间绽放出最幸福的笑容。晚上睡觉的时候,我又借了奶奶的手机,看着那双蓝色小熊棉鞋的图片傻笑,想象着它会是多么舒适暖和,慢慢进入了梦乡。

两天后,您寄的棉鞋到了,我迫不及待地拆开包装,穿在脚上,软软的、暖暖的,就像记忆中儿时母亲的怀抱,眼泪瞬间充满眼眶。我努力抬起头,不让眼泪滴落,心里默默念着:"谢谢你,妈妈!虽然您不在我身边,但您的爱我感受到了,儿子很幸福!"

今年的某个周末,我已经几天没有联系您了,有些想您了,就借了奶奶的手机和您视频。视频中您温柔地笑着,可我却总觉得您变了些,让您把手机拿近些。我仔细地看着,您的脸上似乎又多了些皱纹,眼眶下有了些黑色的眼晕。记忆中的您,似乎有着一张饱满的、富有弹性的、丝绸般光滑的圆脸,一双葡萄般的大眼睛总是闪现着温柔的光芒。我忍住心中的难过,轻声叮嘱着:"妈妈,您平时多注意休息,别太累了!我在家里挺好的,您不用操心……"挂了视频,我久久地坐在自己的书桌前,心里一股酸涩的滋味挥之不去。

在以后的日子里,我会更加努力地学习,更加努力地生活。我明白,只有把自己的学习生活过好,才是对您最好的安慰。

您的儿子:李兴达

6月17日

韩茹

中国科学院心理研究所发展与教育心理学博士
美国宾夕法尼亚大学访问学者

> 当我看到你的信中流露出来的感情那么真挚，我又产生了一种温暖和欣慰的感觉，这似乎不是为了征文写的信，而是一种真情流露。这是父母离开家庭外出奋斗，孩子在家中思念和期盼的心情，也是孩子理解父母、心疼父母的肺腑之言。

李兴达同学：

你好！

今天看到了你给妈妈写的信，我心中感觉有些心虚、忐忑和温暖，同时，想到我要给你回这封信，心中也有一丝惶恐不安和欣慰。

先说说这种看信时的心虚、忐忑和惶恐不安吧！大家可能都知道，看别人的私人信件是一件非常糟糕的事情，似乎是一种偷窥的行为，不合理不合法。当我们做一件事情的时候，总会有很多看得见或看不见的要求和规则，这些会影响到我们做事过程中或事后的心情。当我们心里告诉自己这个事情不能做，但是外面的信息告诉我们，要去做这个事情，那么，在这两种矛盾的声音前面，我们就会停下来，犹豫不前。我心虚和忐忑的心情大概也是如此吧！当然，在我拿到你的信件之前，我是被要求写一封给你的回信，可内心还是有一点惶恐不安。这有点像是小偷盗取财物后，他还要告诉被盗者，我觉得从你那偷的东西真不错啊。不过，万幸的是，这封信是你参加征文活动的作品，已经不属于私人信件的范畴。这样，我就可以释怀地开始读信和回信了。

当我看到你的信中流露出来的感情那么真挚，我又产生了一种温暖和欣慰的感觉，这似乎不是为了征文写的信，而是一种真情流露。这是父母离开家庭外出奋斗，孩子在家中思念和期盼的心情，也是孩子理解父母、心疼父母的肺腑之言。

今天是2019年11月16日，这个日子距离春节还有两个多月时间。这两个多月的时间对你来说可能会充满了期待，因为爸妈很快就能够回家过春节啦！当然这两个多月也并不是那么的短暂，纯粹的等待确实熬人，好在还会有很多丰富的生活在等待着你去体验和经历。可能，你每天在学校里学习一些新鲜的知识，课间有伙伴们一起聊天玩耍；也可能，你需要做一些家务；也可能……无论怎样，你都在体验着生活的方方面面，酸甜也罢，苦辣也罢，这就是生活本身。

接下来，我想模仿你的妈妈写一封给你的回信。当然，再怎么样写，也还是你自己妈妈写得好。妈妈总是自己的好，你就且听我唠唠吧！

进入角色，如果我是你的妈妈……

亲爱的达达：

你好！

还有两个多月就能和你见面啦！妈妈现在已经开始掰着手指头算日子，真希望日子能够过得快点，这样就可以快点到春节，我们就可以早点回到家和你们团聚。妈妈想看看你是不是长高了，上次门框上留下来你身高的画线，现在超过了多少呢？你爸爸这两天还在念叨，再过不久，你的个子就要超过爸爸啦！看到你一点点长大，我们心里别提有多高兴啦。我们在外打工，不能时刻在你身边陪着你长大，这是我们的遗憾。每次见面看到你比原来又高很多，我们既高兴又失落，高兴的是你长大了，失落的是没有在身边陪着你度过那些成长的日日夜夜。我们多想感受你成长过程中的每个瞬间，好在，我们现在也能开通视频，看到你日渐长大的过程，我们心里也会放心很多。

说起这些，我想起你在信里说的，视频里你看到妈妈多了几条皱纹，眼眶下还有黑色眼晕。你细心地留意到妈妈的变化，这种变化让你感觉到难过，你还叮嘱妈妈多休息。谢谢你对妈妈的关心。看到你关心妈妈、关心身边其他的人，我心里无比温暖、无比欣慰。你真的长大了，而这种成长比长高个儿更重要。

当你看到妈妈的皱纹和黑色眼晕，你会担心妈妈过度辛劳，你会担心妈妈缺乏睡眠，你会担心妈妈变老。孩子，你知道吗？当你在慢慢长大，爸爸妈妈就会越来越老。无论是在外打工，还是在家里，我们都会慢慢变老。这是一个无法逆转的过程，没有人能够抵挡住这样的自然发展趋势。还记得那个谜语吗？"请问什么东西只会越来越大，不会越来越小？"对了，答案就是"年龄"。

从表面看，我们大人可能都在慢慢变老，但同时，从工作水平看，我们大人也在不断积累经验，不断成长。你知道吗？刚开始来工作的时候，我们都有些手忙脚乱，有的时候会弄错货物，还经常会被老板批评。我们也曾感到难受，感到无助，但是我们知道这恰恰是我们成长的契机，是学习的机会。我们会反复思考自己错在哪里，有什么方法可以避免出错，有什么方法可以更好地解决问题，还有什么方法可以提高现在的效率。于是，我们不断提升自己的业务能力，得到了客户和老板的赏识。这个过程并不短暂，是慢慢累积、慢慢体验和学习渐进的过程。我们甚至开始不再害怕犯什么错，因为一旦有错误，我们就知道有什么地方可以进行提升，目前的水平就又可以提高一些。这就像你做数学题，当你有一道题目错了，你可以了解到自己还未完全掌握这类题型或者这一课中相关概念，于是你可以在这个方面进一步努力，这样你下次遇到类似的考题，它就不再是个难题，而是送分题。

现在，我们希望能在自己的工作领域里有更多的学习，能够掌握更多技术、了解更多信息，这些都会帮助我们生产和销售更好的东西，满足更多用户的需求。这样我们会觉得自己的价值更高。现在的工作让我们觉得自己是值得被别人尊重的。我们每个人都在成长着，爸爸妈妈和你一样都在共同成长。

说到成长，妈妈最常惦记的是你的身体在长高，你的脚也在长大，现在的鞋子会不会嫌小。如果鞋子小了，那你的脚肯定会不舒服，会疼。看到你穿上我寄回去的棉鞋，很合脚，而且你很喜欢，妈妈好开心。那次，妈妈下班时路过隔壁店铺，看到了玻璃窗前放着这双小熊棉鞋。妈妈知道你喜欢小熊，又想着天气马上要转凉，你原来那双棉鞋可能已经小了，而且可能不像新鞋那么暖和。妈妈走进店铺，买下了那双鞋寄给你，想象着你穿上后脚暖暖和和的，欢快地走在上学路上和学校里快乐蹦跳的样子，心里暖暖的。

　　真想亲眼看到你穿着鞋子快乐的样子。还好，还有两个多月，我们就能回来啦！真开心啊！爸爸妈妈很想你，还有爷爷奶奶，我们真希望能够把你们都接到身边，尽我们做父母和子女的本分。但目前的经济条件还不允许，我们会非常努力的，希望我们全家能够早日团聚。

　　好啦！儿子，咱们共同努力，一起成长！春节见！

爱你的妈妈
11月16日

> 以前我总认为您为了钱能丢下我,所以我生怕同学知道我妈妈是一个怎样的人,但是今天我要说,您在我心目中是世界上最伟大的人。
>
> ——马金玉

亲爱的妈妈:

您好!

我来到这个世界上已经十多年了,在这十多年中,您默默地为我做着一个母亲所做的一切,却从来没有收到过女儿给您的祝福,更没有收到过来自女儿的任何礼物。随着日历的翻动,转眼又到了您的生日,虽然我们相隔甚远,但是我们心的距离还是很近,在这里我要跟您说一声:生日快乐!

说句心里话,之前我对您并没有什么好感,有时还非常恨您,恨您为什么把我留在家里,出去打工。我知道,您是为了给我提供一个良好的生活条件,但是,您知道我有多想您吗?每天只能隔着一个屏幕来和您说话,您知道我多想像其他孩子一样,时常有您的拥抱吗?因此,在我实在特别伤心的时候,就会和您顶嘴,惹您生气。我有时甚至在想:如果我没来到这个世界上该多好啊!

直到爸爸给我看了一张妈妈剖宫生产孩子的光碟后,我的内心受到了强烈的震撼。原来一个人来到世上要给妈妈带来那么多痛苦,不要说十月怀胎的艰辛,就是剖宫产这一过程也不是每个人都能承受得了的。医生在妈妈的肚子上一刀划下去,然后慢慢地把孩子从母亲肚子里取出来,对于母亲来说,这是一个多么痛苦的过程。那时我才真正理解"孩子的生日是母亲的受难日"这句话的含义。

我现在常为自己当初一些错误的想法和做法而感到羞愧和自责。以前我总认为您为了钱能丢下我,所以我生怕同学知道我妈妈是一个怎样的人,但是今天我要说,您在我心目中是世界上最伟大的人。

小时候我调皮捣蛋,时不时会弄得自己一身脏兮兮的,回到家您不但没有说我,还温柔地帮我洗个澡,换身衣服,随后又把我的脏衣服洗干净。

很快又是您的生日了,我会用平时积攒的零花钱买束鲜花连同这封信一起邮寄给您,同时我也会努力学习来报答您对我的养育之恩。

祝您身体健康,万事如意!

您的女儿:马金玉

6月7日

爸爸妈妈背井离乡，为国家的建设做出了很大的贡献，也品尝了很多的苦痛，克服了许多艰辛，为的就是给家人创造更美好的生活，或者实现一个心中的梦想。他们是勇敢的人，是值得我们尊敬的人。

刘萍

中国妇女杂志社副总编
婚姻与家庭杂志社总编
华坤女性生活调查中心理事长
中国婚姻家庭研究会理事

亲爱的马金玉同学：

你好！

看到你写给妈妈的信，我的心里百感交集。因为我也是一个妈妈，也有一个比你大不了几岁的女儿。

你说来到这个世界上已经十多年了，十几岁的小女孩，在人们的印象中应该是如花似玉，无忧无虑，对未来充满期待。但是因为妈妈不在身边，你的内心世界里比同龄的孩子多了一些复杂的情愫。

有对妈妈的不理解和怨恨。恨妈妈为什么出去打工，把你留在家里。

有对妈妈的思念。渴望像其他孩子一样有妈妈的拥抱，而不是每天隔着手机屏幕和妈妈说话。

甚至还有悲观的念头，想过：如果自己没有来到这个世界该多好啊！

但同时，我也在信中看到，你有很多积极的想法和可贵的品质。

比如，你虽然恨妈妈抛下你出去打工，但你是理解妈妈的，知道她是为了给你提供更好的生活条件。

比如，你是一个那么有心的孩子，清楚地记得妈妈的生日，还用零花钱买了鲜花连同这封信一起寄给妈妈。

比如，你是一个懂得感恩的孩子，记得小时候妈妈照顾你的细节，记得妈妈对你的好和为你的付出。

比如，你是一个有反思能力的孩子，会为自己的一些错误想法、做法而感到羞愧和自责。

所以金玉，我想对你说的其实是：虽然妈妈不在你的身边，但你的内心并非没有爱的荒漠。正像你的名字一样，你有一颗金子般的心，还有美玉一般可贵的品质，是一个非常棒的女孩！

你知道吗？在我们国家，还有很多像你一样的孩子，他们的父母都去了外地打工，和爷爷奶奶或者姥姥姥爷一起生活。爸爸妈妈背井离乡，为国家的建设做出了很大的贡献，也品尝了很多的苦痛，克服了许多艰辛，

为的就是给家人创造更美好的生活，或者实现一个心中的梦想。他们是勇敢的人，是值得我们尊敬的人。

这一点你们现在也许理解不了，但只要记住：他们的离开，不是对你们的抛弃，也不是因为你们做错了什么。比如你的妈妈，其实她的心中，有对你更深的爱和更长远的关切。

估计这样的话，爸爸也一定对你说过吧。看得出来，你的爸爸是个非常细心的爸爸。发现你对妈妈有误解，他给你看一些光碟，让你了解母亲生育孩子的不容易，让你知母恩、念母情。你是一个明事理的孩子，光碟也的确达到了很好的效果，它的内容深深地震撼了你，化解了你对母亲的怨恨，也拉近了你们母女之间的心理距离。

这是一位多么智慧的爸爸呀！在平时的生活中，他也一定能给你很多的支持和帮助，你也一定非常依赖他吧。那么，就先忘却妈妈不在身边的

遗憾,好好地珍惜和爸爸在一起的日子,你们可以在一起聊聊有关妈妈的话题,也可以一起给妈妈多打电话、多视频。如今科技手段如此发达,完全可以跨越时空的距离,让一家人不因身处两地而生疏。

信里的信息有限,也不知道你上几年级了,最喜欢哪门功课,最喜欢哪位老师,有几个要好的同学朋友,有没有什么业余爱好,最擅长的事情是什么,喜欢看哪方面的书,将来想干什么……

你看,金玉,我还不怎么了解你呢。其实,每个人的内心都是一座丰富而神秘的宝藏,我们的世界里也不是只有爸爸妈妈。

勇敢地走出心的樊篱,你会发现这个世界如此广阔。你和同学可以有很多聊不完的共同话题,可以在一起分享女生们的小秘密。相信你的老师也很愿意带领你走进知识的海洋,帮助你解决学习上的困惑。

没事儿的时候,画张画儿,用缤纷的色彩填充你想象中的世界。也可以去听音乐，对了，不知道你最喜欢哪位歌手呢。你喜欢他（她），是否是因为他（她）的某句歌词最能拨动你心中的某一根弦？是的，这就是音乐的力量，艺术的力量，它能把世界上所有人的心连在一起。

还有书，试着在你一个人的时候拿一本喜欢的书翻一翻，你会发现看书有一种魔力，会让时间变快，不知不觉，半天就过去了。读书还可以让你认识很多了不起的人，纵横古今，跨越中外。他们曾经像我们一样在这个世界上生活过，我们困惑的问题，原来他们早就思考过，并给出了精辟的答案。在书的海洋里神游，我们可以跟着书里的主角，一起哭一起笑，可以去我们这辈子都不可能去的地方，可以体验永远都没有机会去做的事情。

亲爱的金玉，好羡慕你现在的年龄。对于你来说，人生还是个未知数，也因此拥有无数种可能。打开未来世界的钥匙，也在你自己的手中。当你有一天，无论在什么地方，无论在做什么事情，都能发自内心地热爱，并从中感受到自己的价值，你就会是快乐的。那个时候，相信你一定不再会为自己曾来到这个世界而后悔。

你现在的生活中有一些烦恼，是太正常不过的事情了。所谓无忧无虑的童年，其实是一个谎言。每个人的童年和少年期，都会有各种各样让自己痛苦烦心的事情，有时候是一些大事，有时候是一些无关紧要的小事，只是因为处于一个人最敏感脆弱的时期，而放大了自己的感受。这个年龄段，对自我的认知也不稳定，尚处于一个不断探索和不断发现的过程中；对大人的事，更是常常搞不明白，理解不了他们的所作所为；对世界还懵懵懂懂，没有一个整体而全面的认识。但是，随着年龄的增长，你会慢慢成熟的，也会理解很多现在理解不了的事情。

说了这么多，忘了做自我介绍了。我是发起这次征文活动的主办方之一的《婚姻与家庭》杂志的总编辑，平时都是和文字打交道，所以我也相信文字的力量，希望我们这种古老的文字形式的书信往来能够帮到你。同时，我也是一个天天在思念女儿的妈妈，女儿十五岁的时候外出求学，如今已经四年了。她不在我的身边，我们平时也是通过微信来沟通和交流。所以请相信我，我以一个妈妈的身份向你保证，你有多想妈妈，你的妈妈就一定有多想你。

把你对妈妈的思念告诉她吧，把你对妈妈的爱说给她听吧。时空不是问题，只要我们心里有爱。

今天，我们就算是认识了吧。非常希望对你有更多的了解，欢迎再给我写信。最后祝你身体健康，学习顺利！

你的大朋友：刘萍

11月22日

> 我知道，您很辛苦。但是您知道吗？与优越的生活相比，我们更需要您的关怀。我也希望像别的孩子一样依偎在父母的怀里，与家人开开心心地在一起。
>
> ——马晓颜，14岁，初二

亲爱的妈妈：

您好！

当您看到这封信的时候，我已经大半年没有见到您了。说真的，真不知道该怎么与您交流，但思索再三，还是想跟您说几句话。

时光流逝，岁月匆匆，这是我第一次给您写信。因为不好意思表达，所以我从来都没有说过一句我爱您。我知道天下的母亲都是伟大的。父爱如山，母爱如海。您在我们的身上耗费了青春和无穷的精力，到目前为止，您还在漂泊。

我们的家庭并不富裕，年迈的爷爷奶奶加上脑瘫的弟弟确实让我们这个家庭步履维艰。生活所迫，您只能和爸爸游走在城市的某个角落，寻找各种工作机会。我知道，您很辛苦。但是您知道吗？与优越的生活相比，我们更需要您的关怀。我也希望像别的孩子一样依偎在父母的怀里，与家人开开心心地在一起。您不在家时，弟弟想您了，就会蒙在被子里哭，我听了也很不是滋味。我现在已经不会要那么多钱买零食和玩具了，因为我知道每一分钱都是用你们的汗水换来的。得知您在夏日炎炎中出了一身汗，还要在厨房里给人做饭时，您不知道我有多么心疼。我多想让您和父亲在家享享清福，却没有那个能力。所以，我要努力，为了以后更好的团聚，我要努力奋斗向前。

我记得在我上小学的时候，有一次我的自行车坏了，只能推着往家走。因为有大雾，天又晚了，您就骑着电动车来找我，还把手套给我戴，让我骑电动车先走,您在后面推着自行车走。那时我是多么感动。每当回忆起小时候的那些事儿,我就会觉得自己是那么幸福,因为我有您这样对我倍加呵护、无私的母亲。

我不太会说话,所以只好用文字来表达。最后我要对您说,我会永远爱您。

祝您身体健康,万事如意。

爱您的女儿:晓颜

6月30日

你需要妈妈的陪伴,她也需要你的陪伴。今天的外出,是为了日后更好的归来;今天的分离,是为了以后更好的相聚。

许博

人民网主持人

晓颜：

　　你好！

　　你说这是你第一次给妈妈写信，可我觉得写得特别好！通过这一字一句，可以感受到你对妈妈真切的想念，对妈妈外出的心疼，对妈妈爱的呵护，对一家人能朝夕相处的期待。这世上没有什么感情是真诚替代不了的，没有什么距离是真情不能跨越的。

　　你跟妈妈身处两地不能每天见面，不能坐在她身边把你跟同学们的嬉笑打闹讲给她听，这的确是你要去面对的一个"小困难"。可能你跟妈妈的沟通方式跟别的孩子会有所不同，但只需要你稍稍改变一下方式方法，对于感情的表达以及感受并无不同。现在的网络如此便利，一通电话，一次视频聊天都可以，若实在是跟妈妈的时间对不上，还可以录音留言给妈妈，抑或是像这封信一样，纸短情长。妈妈在累了一天后，你的这些文字一定会成为解除她疲惫的良方。距离并不会成为你们之间的障碍。只身在外的妈妈，又是多么期待你的声音，期待你跟她讲讲学校有意思的事，讲讲学习上怎么去攻克难关，一切你想说的，都是她爱听的，这就是你们俩之间独有的爱的语言。没有人能代替你来表达这种情感，也没人能像你一样说到妈妈的心里，爱，要大声说出来。

　　是啊，有时，我们大声说出的不只是爱。生活没有易事，有意思的、快乐的事情能跟妈妈分享，遇到困难和感到孤独的时候也可以跟妈妈讲，让她参与你的成长，让她见证你的变化，没有犯错哪来的改错，没有不足哪来的完善。有人说，最优秀的人是从错误中重生的。没有什么可害怕的，妈妈虽然不在你的身边，可她对你的爱、对你的关注从未减少，你不是一个人，你是一个有爱的孩子。

　　你讲的你和妈妈之间的小故事，我想每一个妈妈看到都会红了眼眶。妈妈有一个特征是无私，在任何情况下，她都可以毫不犹豫地把自己置之不顾，而满心里只有一个念头：我的孩子不要受冷，不要受难，不要受委屈。你和妈妈之间爱的表达，温暖了我们，让我们再次感到面对距离爱的绵延和流动，它连接着那端的妈妈和这端的你。

从信中可以看出，你是一个懂事的孩子，你理解父母在外工作的不容易。当然，你肯定也知道，妈妈并不想留你在家，自己在外，她的心里要承受更多。可是你想过她为什么要忍痛割爱留你在家，自己外出吗？是的，她是想为你营造更好的生活环境，更好的学习环境，让弟弟，让老人能比现在过得好一点。她只能先放下陪在你身边的美好时光外出打工，去面对外面工作的挑战、环境的不适、想念你的难耐。你需要妈妈的陪伴，她也需要你的陪伴。今天的外出，是为了日后更好的归来；今天的分离，是为了以后更好的相聚。

弟弟的不幸，生活的辛苦，让你可能比同龄孩子体会到更多，这给你的生活带来了很多挑战，然而你也会因此而幸运。我们常说，生活的磨炼总是可以让一个人有坚强的意志，有宽广的胸怀，有超乎常人的坚韧，有难得的同理心。你能体会到父母的辛苦，感受到弟弟的思念，你可以不要零食，节省下来为了让妈妈不再那么辛苦，这一切都让我们感受到你的善良、你暖暖的爱意和你的成熟。你比没有这些经历的孩子更充盈，层次更丰富，而这些经历也会助你成为更优秀的人。虽然没有人愿意去经历生活的磨炼，但如果生活如此，那就大胆地拥抱它。你会发现，迎上去拥抱不会比躲避更难；你会发现，勇敢地往前走会看到更多的风景。坚强起来，用你的乐观开朗去感染更多的人。

说到这儿，我想起了一个小故事。故事里的主人公，叫作"奔跑女孩"。小女孩失去父亲，只有一个身患重病的妈妈卧病在床。妈妈的病一天比一天重，女孩到处凑钱把妈妈送到医院，医生却说，她活不了多久了。于是，女孩把妈妈带出医院，在学校门口租了一间房子，她对妈妈说："你不能死，你死了我就是孤儿了。"从此，每次课间十分钟，她都会飞快地跑回租住房中，看一眼妈妈，只要妈妈还活着，她就会感觉无比幸福和充实，她也因此得名"奔跑女孩"。最后，终于发生了医学也无法解释的奇迹，妈妈活下来了，女孩后来也考上了幼师。谁也没想到，这个经历了痛苦和折磨的女孩并没有被压垮，相反她成为了一个非常阳光、乐观的人。

从"奔跑女孩"身上我们可以看到，一个人经历了痛苦和不幸，并不会影响她成为更优秀的人，并不会影响她去感知幸福。因为，最大的富裕存在于人的心里，当一个人内心丰盈，满怀爱意，内心强大，这时她就是最富裕的人。

你在信里自责没有能力让父母享清福，其实，不是你没有能力，而是没到时候。俗话说，磨刀不误砍柴工。你现在是在学习知识、打基础的时候，没有现在的积累，哪有日后的绽放。所以不要着急，你学习好、品性好就是此时对妈妈辛苦付出最大的回报。妈妈在外工作，没有太多的时间在学习上、生活上照顾你，如果你能很好把自己的学习和生活照顾好，那妈妈一定会觉得她的小女孩真的长大了，她看到这一幕得多高兴啊！把握好眼前，做好自己该做的事情，就是最好的能力展现，加油！

从来没有人是一座孤岛。我们生活在一个大家庭，你不但有妈妈的爱，还有很多见过的、没见过的人在关注着你、牵挂着你。记住，有爱的孩子，从来不孤单。

祝你健康快乐，天天向上！

人民网　许博
11月28日

> 我从童年到现在流的泪水应该有一个小湖那么多了。我亲爱的母亲,您什么时候能在我身边待的时间长一些啊。

——冉丽婷,11岁,五年级

亲爱的母亲:

您好!

我希望您看到这封信能重视一下。妈妈,您知不知道我非常想念您?您回家的次数不多,在家待的时间也很少,每年才回来一次。最让我难过的是,您有一次是将近两年才回来的。

我来给您说一说,您不在的时候我遇到过什么,收获了什么,又懂得了什么。我曾遇到过很多艰难挫折,我收获了最美好的时光,还收获了完整而没有破裂的友谊,我懂得了现在一定要好好学习,长大找一份好的工作让您安心待在我的身边,让您过上更好的生活。

我亲爱的母亲,您现在的心情我不知道,而我现在的心情是难过的,心里面是酸楚的。您知道吗?每当我跟爸爸去散步时,看见别的孩子都是爸爸妈妈陪着,而我只有爸爸陪着,我就会跑回自己的房间躲在被子里放声大哭。我从童年到现在流的泪水应该有一个小湖那么多了。我亲爱的母亲,您什么时候能在我身边待的时间长一些啊。

"母亲,倘若你在梦中看见一只很小很小的白船,不要惊讶它无端入梦。这是你至爱的女儿含着泪叠的,万

水千山,求它载着她的爱和悲哀归来。"这是冰心奶奶写的诗,我从中摘录了一段,我想妈妈您看得懂这是什么意思。我不想这个样子,这些年您不在的时候,我的伤心、失望和泪水慢慢累积。我只想让您不要工作那么长时间,您待在家里,我乖乖听您的话,不再惹您生气。

祝您身体健康,万事如意!

您亲爱的女儿:冉丽婷

6月9日

王建平

幼儿家庭教育专家
韶山学校家庭教育辅导员
全国妇联·中国家庭幸福成长计划讲师
《今日女报》家庭教育专栏专家
益阳市妇联副主席（兼职）
中国妇女第十二次全国代表大会代表
湖南省第十二、十三届人大代表
益阳市第四届人大代表、常委
曾获全国巾帼建功标兵
湖南省五四青年奖章
益阳市十大杰出青年

> 妈妈为了生活，为了支撑这个家，为了让你和全家人过得更好，除了要承受工作的压力，还要承受对你、对家人的思念之苦。每天，当妈妈结束一天的工作，当夜幕降临，当妈妈一个人静静地待在宿舍的时候，妈妈对你的思念，又怎能用言语来表达呢！

亲爱的婷婷同学：

你好！

我花了近半个小时的时间，才把你写给妈妈的七百多个字的信读完，边读边流泪。泪水模糊了我的视线，也淋湿了我的回忆。近些年，我常到偏远山区做公益讲座，与留守儿童和负责隔代抚养的爷爷奶奶们相处的镜头一一浮现在我的眼前。

婷婷，你是一个感情细腻的好孩子，在给妈妈的信中，你谈到，妈妈回家的次数不多，在家待的时间也很少，每年才回来一次。其实，妈妈又何尝不想待在你的身边陪伴你长大？但是，生活往往是充满无奈的。妈妈为了生活，为了支撑这个家，为了让你和全家人过得更好，除了要承受工作的压力，还要承受对你、对家人的思念之苦。每天，当妈妈结束一天的工作，当夜幕降临，当妈妈一个人静静地待在宿舍的时候，妈妈对你的思念，又怎能用言语来表达呢！

此时，我正坐在纽约的公寓里给你回信。我这次来纽约，一来是陪女儿的爸爸做画展，更重要的是看望在纽约读书的女儿。记得两年前，女儿决定来美国读书，整个夏天我似乎都在为她准备行李。女儿还没有动身，我已经开始思念。记得分别的那一天，我送她去机场，当她提着行李，在机场的海关处向我挥手告别时，我再也忍不住，在机场的候机厅狠狠痛哭了近两个小时。这次来看她，提前两个星期我就开始失眠。从北京飞纽约的飞机，飞行时间是十四个小时，这十四个小时，我一直被兴奋支撑着，没有打一分钟的瞌睡。到了女儿的学校，我申请在她的宿舍里睡了一个晚上。那一夜，有女儿的陪伴，我睡得特别踏实。所以，作为一个母亲，尤其是正在经历着与女儿分离的母亲，我特别能理解你的妈妈独自在外工作的种种不易和对你的牵挂与思念。

婷婷，你是个特别孝顺的孩子，你在信中写到，要好好学习，将来找份好的工作，让妈妈能够待在你的身边，过上更好的生活。你的懂事、上进,和对妈妈的这份依恋与孝心,深深地触动了我内心深处最柔软的地方。每个父母都希望儿女成才,在你努力成长的过程中,你所有吃过的苦,都会成为你人生坚强的盔甲。

在九月份,我去西藏讲学,其间对几位品学兼优的藏族学生进行了家访。我印象特别深的是一位叫卓玛的九岁女孩子,为了供她上学,家里人省吃俭用,克服了种种困难。她的六十五岁的爷爷,身有残疾,但仍然每天坚持骑着电动摩托车、拖着有些跛的腿,接送她上下学。我们问他辛苦吗,他说,不辛苦,看到孙女很好,他就很欣慰、很开心。我想,这就是可怜天下父母心。

孩子,你要明白,虽然生活有重重无奈和艰难,但是,爱你的家人已经做出了他们能做的最大努力;孩子,你要记住,读书不是为了向别人炫耀成绩,不是为了父母或者老师,而是为了你自己,是为了将来拥有更多选择的权利,过更有意义的一生。亲爱的婷婷,阿姨希望你能努力地读书,不仅是让妈妈过上好的生活,更是为了让自己活得更有尊严。

婷婷,你是个善解人意的好孩子。在信中,我看到你会经常陪爸爸散步,但是当你看到别的孩子都是有爸爸妈妈陪着的时候,你就会一个人跑回房间痛哭。你说从小到现在,你所流的眼泪,已经有一个小湖那么多了。我能看到在你坚强的背后有多少心酸,此刻我多想紧紧地抱抱你,让我的拥抱来抹去你的眼泪、思念、孤独和无助。我到偏远山区进行讲座时,在与父母的交谈当中,我常常会问他们,什么时候最幸福?婷婷你知道吗?几乎百分之百的父母都会这样回答我:能够陪着孩子一起成长、能够拥有幸福的家庭,就是最幸福的事。所以,妈妈的无奈和不容易,我想你是能够理解的。在生活中,没有容易二字,生活中有许多"你喜欢做的事"和"需要你做的事",当二者发生矛盾时,我们往往被迫地选择"需要你做的事"。所以阿姨也希望你能够开朗自信,带上自己的阳光,在守望亲情的同时,坚强乐观地长大成人。

婷婷，你同样要看到，我们的党和国家、社会各界对留守儿童都是非常关心的，妇联、教育、民政等多部门联合开展了很多关爱留守儿童的工作。希望我们点点滴滴的关怀能够化为一股向上的力量，让你们得到温暖和慰藉。婷婷，让我们一起来守望幸福，努力前行！愿你每一天都带上自己的阳光，怀着一颗感恩的心，坚强乐观地长大！

相信你！祝福你！

好想抱抱你的阿姨：王建平

10月28日

> 同学们都笑骂我是"野种",没有母亲,我在学校只能忍着痛苦说"别开玩笑了",回家后却趴在床上哭了。

——师奥奇,11岁,五年级

亲爱的母亲:

您好!

每当新年来临之际,我的内心就会越发地痛苦,也会随之增加很多的烦恼。像这种日子应该是家人们一起吃个团圆饭之类的,但是我的身旁总是少了一个人——您,我的母亲。我们之间的距离可以用一个词语来形容——远隔千里。现在我长大了,虽说还有一些烦恼,但再也不痛苦了,因为我知道您还爱着我,我也爱着您。

母亲,您不用担心,您不在的时候我很听话。爷爷奶奶年事已高,我经常帮他们干活。您也不用担心我的学习,我每一次考试都可以获奖,如果您可以看到,一定会说我是您的骄傲。

母亲,你不在的时候我很难受。每次考试完都有一次家长会,老师让我们把母亲叫过来参加。而每次的家长会,我都只能叫来爷爷奶奶。同学们都笑骂我是"野种",没有母亲,我在学校只能忍着痛苦说"别开玩笑了",回家后却趴在床上哭了。

母亲,我曾看过一个动画片,里面有个人说过一句话:人生如戏,全靠演技。我感觉这句话是对我说

的，因为我每天都在表演，每天都把自己母亲远走的痛苦转化为高兴来表演。母亲，我不想演了，我想做一个有母亲陪伴的孩子。母亲，我想您，您回来吧！

祝您身体健康，万事如意！

您的儿子：师奥奇

6月9日

他们还不懂得，这么做会对你造成怎样的伤害。你不需要去原谅他们，只要知道这份伤害是源于他们的无知，你什么都没有做错，就可以了。等他们长大后，一定会为自己曾经犯过的错而感到羞愧。因为他们终有一天会做爸爸妈妈，会有自己的孩子，会担忧、恐惧自己的孩子被同学如此对待。

苏锦瑟

国家二级心理咨询师
中国科学院心理研究所婚姻与家庭心理指导师
国际授证游戏治疗师

奥奇：

你好！

读到你给妈妈写的这封信，我一时间感慨万千，仿佛看见了曾经的自己。

和你的经历相似，我曾经是一名城市留守儿童。因为一些原因，我很小就被父母送到亲戚家寄养，和父母分别七年。你和妈妈因为生活所迫，不得不远隔千里；我和妈妈明明同住在一个城市，却不能生活在一起。

没有妈妈相伴的童年，真的很辛苦，很煎熬，甚至很自卑，因为觉得自己是一个没人要的野孩子。相信我，这种滋味我懂。

长大后，我去找妈妈算账，向她抱怨自己寄人篱下受了多少委屈，质问她为什么不能像别的妈妈那样陪伴在我的身边，甚至指责她不是一个好妈妈……我像一个法官一样，对我的妈妈进行这世间最无情、最冷酷的审判，狠狠地往她的心窝上捅刀子。

我的妈妈哭了。

我慌了，伸出手臂想抱抱她，但是被她一把挣脱。满脸皱纹的她像个委屈的孩子一样，蜷缩在沙发里，明明很伤心，却小心哽咽着，不肯哭出声来。那一幕，我永生难忘。

奥奇，你的年龄比我小，但是心智却比我成熟。小小年纪的你，虽然承受着母子分离的痛苦，但却知道这份痛苦是源于"爱"，你的信里满是对妈妈的牵挂和思念。

而我二十岁时，还陷在"恨"里。因为害怕重复被抛弃的痛苦和恐惧，我把这个我最爱和最爱我的人，狠狠地推开了。我用一层厚厚的铠甲，包裹内心的脆弱和无助。明明想要妈妈的爱，却死也不说。

所以你看，有时候大人也会做傻事，大人也会很笨，对不对？

有时候，小孩也会做一些傻事、笨事，比如那些骂你的同学。他们还不懂得，这么做会对你造成怎样的伤害。你不需要去原谅他们，只要知道这份伤害是源于他们的无知，你什么都没有做错，就可以了。等他们长大后，一定会为自己曾经犯过的错而感到羞愧。因为他们终有一天会做爸爸妈妈，会有自己的孩子，会担忧、恐惧自己的孩子被同学如此对待。

其实，我的妈妈是一位温暖的好妈妈，她勤劳、善良、幽默、豁达。她不能照顾我，是因为当年我的爷爷和奶奶接连患病住院。她又要照顾老人，又要照顾年幼的弟弟，工作还常常需要加班，实在分身乏术，所以才把我送走，那里距离我的学校也更近。

在那个年代，很多父母都不懂得陪伴对一个孩子心理健康的重要性。我的妈妈，只是做出了当时她能做的最好选择，她在尽自己所能地爱着我。

我相信，你的妈妈也是一位温暖的好妈妈，否则养育不出你这样温暖的孩子。

你的妈妈也一定是经历了很多艰难痛苦的抉择，才做出暂时和你分离的决定。我也相信，远在千里之外的她，日日夜夜都会想念你，你是她身上掉下来的肉，没有妈妈不爱孩子的。

只是，她希望多攒一些钱，可以给你提供更好的教育与生活。让你可以少受一些苦，让你的未来可以多一些选择，让你将来有一天，不再像她一样因为生活所迫，不得不与自己的孩子分离。她希望让留守儿童的命运，可以在你这一代终结。

我相信，她一定想了很多很多，初衷都是为了让你们的生活变得更好。

我相信，她一定不懂得，陪伴可能比她想的所有东西都更重要。

因为自己的童年经历，做了妈妈之后，我更懂得陪伴孩子的重要性。但是，奥奇，知易行难，知和行之间还隔着千山万水。

我的孩子患有先天疾病，治病和训练要花很多很多钱。如果我不经常加班努力写稿，就赚不到足够的钱支付孩子的费用；可是经常加班，又导致我没有时间和精力经常陪伴孩子。

身为一个妈妈，要怎么抉择？

似乎怎么选，都是错。我整个人仿佛被生活撕成了两半，处于对未来的焦虑和对孩子的愧疚之中，仿佛已然万劫不复。

在那段最艰难的时光，我的妈妈来了。身体不好的她，坚持陪我跑医院和机构给孩子做治疗训练。我先生能照顾孩子后，她回到老家开了一家小店，把每个月的收入都汇给我。我把钱退给她，她就给孩子买吃的穿的快递过来，直到把她赚的钱全部花光。

她不懂得华丽的辞藻，只是一遍遍对我说："别着急，困难只是暂时的，一切都会好起来的。"

养儿方知父母恩，我只有一个孩子就忙得分身乏术、焦头烂额，当年的妈妈担子比我重得多，她是怎么熬过来的呢？

我开始好奇，开始尝试放下抱怨和指责，放下傲慢与偏见，放下委屈和脆弱，认真倾听她的故事。

妈妈在讲述她的故事时，哭了。

这一次，我抱她，她没有挣脱，我们久久地在黄昏里拥抱着，微光在彼此的心中闪烁。时隔多年，我们母女终于实现了真正意义上的和解。

后来，一切真的好了起来，孩子的病情好转，我没有那么大的经济压力了。我可以一边从事自己喜欢的工作，一边陪伴着我的孩子。

我总是给妈妈买很多礼物，尽管我知道她不一定需要。直到现在，我每周都要给她打几个电话。尽管妈妈说话有时有些唠叨，但是我想倾听她的故事。

只有倾听，才会有了解，才能实现人和人之间的理解。

奥奇，我知道你一直盼望妈妈回到你的身边，我理解你的心情。我不知道，你的妈妈是否能放下一切，回到你的身边。如果能够回来，我为你高兴。

同时你要知道，现实的困难压力、对未来的担忧以及希望改变命运的急切，可能会让她做出不同的选择。如果她的选择让你失望，请给你们一个机会，听听你的妈妈讲讲她的故事，或许，你可以更加了解她。她不仅是你的妈妈，还是一个有血有肉的女人，她需要扮演很多角色，每个角色都不轻松。

　　在信中你提到，你每天都在"表演"，你在努力演一个快乐的孩子，现在你不想演了。其实，当你痛苦的时候，可以在心里多说一声"我允许"，比如，我允许自己悲伤，我允许自己痛苦，我允许自己脆弱……

　　你还是一个孩子，不用那么坚强、那么成熟。只要做一个孩子，做回自己，就很好了。每天微笑的人，可能内心更痛苦。

　　最后，我想和你重复一遍我的妈妈和我说过的话："别着急，困难只是暂时的，一切都会好起来的。"

　　真的，相信妈妈对你的爱，相信你自己的力量，一切都会好起来的。

一个笨笨的阿姨：苏锦瑟
10月29日

我知道,虽然您在外地,但我们心心相印。其实,分别只是为了更好的相遇。所以,我愿意一直期待您的归来。

——宋佳禾,13岁,初一

亲爱的妈妈:

　　我想您了!这个时候,您一定还在工作。即使工作再忙,您还是一如既往地从容、优雅,撩一下散落的发丝,轻拭额头的汗水,妈妈,您好美!

　　妈妈,还记得那次美好的相见吗?阳光洒落在您的发丝,春风吹拂您的脸颊,我都会觉得,那是人间最独特的风景。您轻轻地散开我的头发,那一瞬,您的指间是那样温柔。您为我扎了一束麻花辫,那是其他女孩从未拥有的,因为,那束辫子上有您的气息。从未忘记,那一夜,您悄悄地来,轻柔地为我盖上被子,嘴唇轻轻地贴近我的额头,冰冰凉,还有股淡淡的芳香。

　　妈妈,我想您了!想您晚霞般的笑容,想您轻柔的抚摸,每次放学,看到别人的爸爸妈妈拉着孩子的手,欢声笑语地走在回家的路上,我都会想起您。很多次,我都坐在家里的槐树下,静静地仰望,仰望天空的繁星,最亮的那颗一定是您,与您对视相望,悄悄告诉您我心底的秘密。有时,说着说着,就睡着了。在梦里,我看到了您的身影。您来到我的身边,抚摸我的脸颊,握住我的小手,爱怜地看着我,我多希望,希望这个梦不要醒来。

　　在一次次迷茫中,我渐渐学会了坚强,把您当作依靠,当作我的翅膀。我慢慢意识到,其实,你一直就在我身旁,您就像最美的光,洒落在我身上的每一处。于是,我敞开心扉,迎接每一刻的阳光。我慢慢变得开朗，因为我知道，虽然您在外地，但我们心心相印。其实，分别只是为了更好的相遇。所以，我愿意一直期待您的归来。

　　我唯一的愿望就是与您——我亲爱的妈妈，好好度过一整天的时光。只有我们两个人，看人间的风吹掉世俗的尘埃，阳光正好，微风不燥，繁华未落。夜晚，我在妈妈的怀抱，慢慢地进入梦乡，梦里依然有妈妈的身影……

想您的女儿：佳禾
7月16日

宋佳禾和姥姥

李梓

家庭教育指导师
全国妇联《婚姻与家庭》杂志音频平台特约授课专家
青爱工程·关爱留守儿童"种爱计划"爱心大使
中国网、网易《榜样妈咪》家庭教育直播栏目特约嘉宾

> 人间最美的情感就是爱，爱会让我们心生力量，爱会让阴霾散去，爱会指引方向。所以，妈妈的爱滋养你成为一个内心有光、有善、有向往、有能量的孩子，你像是我喜欢的白百合，清雅纯净地存在着，放在哪一处，都是美丽的风景。

亲爱的宋佳禾小朋友：

你好！

见字如面。

此刻，屋外的北京城，凉。风狂尘起，呐喊般摇撼着窗棂。屋内，暖。阳光般的温度融化着我的心，这是从阅读你的信开始的。

佳禾，你对妈妈的情感落在美妙的文字中，像是画给妈妈的一幅春日的画，温光丽景；像是唱给妈妈的一首夏日的歌，花锦晨明；像是写给妈妈的一首秋日的诗，深明情满；像是弹给妈妈的一支冬日的曲，悠远澄静。思念，可以幻化成这般美好的文字，那是因为，爱，融化了世界，沁润了你幼小的心灵。

你说，妈妈用温暖的手，为你扎起麻花辫，你觉得别人不会拥有，因为那是她为你扎起的，那是妈妈对你的爱，你珍惜。

你说，你常仰望星空，觉得最亮的星星就是妈妈，你常和她说心里话，那是妈妈对你的守望，你珍惜。

你说，梦里妈妈凝望着你，抚摸着你的手、你的脸颊，你不愿醒来，那是妈妈对你的眷念，你珍惜。

你说，妈妈是你的翅膀，是最美的光，照耀着你，一路迎接希望，那是妈妈的心灵相伴，你珍惜。

人间最美的情感就是爱，爱会让我们心生力量，爱会让阴霾散去，爱会指引方向。所以，妈妈的爱滋养你成为一个内心有光、有善、有向往、有能量的孩子，你像是我喜欢的白百合，清雅纯净地存在着，放在哪一处，都是美丽的风景。

孩子，我做老师已经十年，这十年中我接触了很多孩子，他们和你一样都是世间的天使。每一个生命都是闪亮的，你和他们一样，都是我心里最亲爱的孩子。在这里，我有些话想对你说，这是我们之间的情感流动，每一个字都流淌着我的深情浓意。

关于面对分离：

这世间有很多种分别，都有迫不得已，那些因分离生起的思念，让那些平凡小事变成了珍贵的礼物，随着年龄增长，形成你心里爱的印章。所以，分离会让人懂得珍惜，分离也是一种获得。

关于看待贫穷和富有：

分享给你一个小故事，二十年前，我曾经在路上见过一位跛脚的拾荒老人，他衣衫破旧，行动不便。当他走过路口，看到一个趴在地上无腿无脚的中年男人，他慢慢放下肩上的破盒子，从衣服深层掏出自己皱皱的、已经发黑的布袋，一层一层打开，拿出其中的一元纸币，放在中年男人面前，再小心翼翼地一层层地包起。没等中年男人说谢谢，老人提起破盒子，转身走了，转过头的那一刻，我看到老人的脸上有一份平静的喜悦。那一幕，至今想起，仍生敬意，老人虽然不富有也没有健康的身体，但是他善待生命，努力生活，他没有因为生活的困境满目哀怨，反而带着善意对待周遭的人，用随手以报的感恩之心回馈着这个世界。

所以，真正的贫穷并不是物质的贫穷，而是精神的贫穷，真正的富有不是物质的富有，而是精神的富有。当你再去思考贫穷和富有，你将有不一样的答案。那就是，当我们在不同的成长阶段，不断为自己的内心储备勇敢、善良、宽容、积极、乐观的能量时，你就是一个富有的人。未来你也会因为自己的富有去帮助更多的人，那个时候的喜悦，就是那位老人脸上绽放的笑意，与阳光互相辉映。

关于面对学习：

我在教书的过程中，有听学生说过，学习是为了妈妈，所以他考试取得好成绩，会因为妈妈开心而开心，也会因为考不好，看到妈妈生气而难过。妈妈喜欢他如何，他照做；妈妈不喜欢的，他宁可放弃自己的喜好。对待学习，他并没有真正的乐在其中。学习这事，不是为了别人，不是为了父母，不是为了家庭，它是你自己创造未来的工具，在你成长的过程中，好好磨炼它，有一天，你会用这把工具打造自己的生活。

学习分三个层次，第一是完成任务的学习，没有目标，只是做好题目；第二是实现未来目标的学习，为了考取理想的学校；第三是自我实现的学习，为了拓宽视野、储备能量从而更好地帮助他人和服务社会。那么，你会选择哪个层次的学习呢？相信我们有共同的答案，帮助他人和服务社会，这是我们成长的重要目标！

关于处理人际交往：

我从事儿童情商教育这些年，最在意的就是人际交往对于孩子身心发展的重要作用。如果说智力发展为我们打开走向未来的大门，那么情商中的人际关系的处理，决定了我们人生的幸福感。遇到问题要善于沟通和正确表达自己，沟通的重要方法是带着善意与理解走进他人的内心，也敞开真诚的内心让他人走进自己，在交往中搭建一座通广的桥，桥的这一边是你，那一边是他人。无论相隔再遥远或未知，也只是一座桥的距离，这是人和人之间架起的心桥。如果我们内心有光，有爱，有善意，有理解，有宽容，有诚意，那么人和人的交往便不再是难事，即使有过破碎的关系，也会因你的内心力量重新修复。每一个人都是一把小火炬，只有互为融合、影响，才会聚集更大的光亮，温暖和照亮这个世界！

关于面对孤独：

孩子，我非常能够理解和体会妈妈不在你身边的感受，也许你内心有一份孤独感。但在我看来，孤独不是一个负向词，它是很有力量的存在。回想，生活和工作中我的很多重要选择和思考，都是在一个人的状态下完成的。孤独会让一个人冷静，冷静生智慧，看清自己是多么重要。我们生存在这个世界上，如果不清楚自己努力的方向和未来的选择，便是没有目标地活着，所以孤独会让我们成为思想独立的人。孤独，也会让我们成为生活独立的人。我常常让我的学生们多做家务，刚开始他们动作很笨拙，慢慢他们懂得想办法如何做好一件事，熟练之后他们常常帮助家人做事。

他们获得了幸福相处后的喜悦，懂得照顾家人和朋友也是成长中重要的心性培养，所以，人们都是在孤独中慢慢长大的。

  一个能够享受孤独，并让日子充满乐趣和收获的人，是最幸福的人。所以，除了一个人学习和做家务外，你有自己喜欢做的事吗？比如画画，画你家乡的变化，画你可爱的小伙伴，画宁静的月亮，画秋日的金黄满地。你的文字很美，那就多写一些小诗，写小鸟的自由飞翔，写枝丫上的破茧成蝶，写小蚂蚁搬家，写小鸭子溪边找妈妈，写生活的静美温好。你也可以看书阅读，看看《人类群星闪耀时》里拿破仑、歌德、托尔斯泰这些伟大的历史人物在人生的关键时刻经历了什么又做了什么；看看《鲁滨逊漂流记》里鲁滨逊是如何依靠顽强的意志一个人在荒岛上生活了二十八年；看看《昆虫记》里的蝉为什么是自食其力的勤奋者、蚂蚁为什么是凶悍的劫掠者；看看《小王子》里的小王子如何将忧伤变为美好；看看《钢铁是怎样炼成的》里保尔·柯察金是怎样克服重重困难，成就了钢铁一般的人生。

  孩子，生活里，生活外，到处都有我们想要探寻的世界，有很多精彩和神奇。我们每个人都是渺小的个体，在这个丰富的世界里，有太多美好的事物等待我们去寻找、去发现。希望你好好长大，当有一天，你拥有了丰满的羽翼，迎接你的将是最灿烂的晴空，而这双羽翼，是家人的给予。无论你在何方，他们在何处，你们之间都有爱的心脉，始终紧紧相连。

  看，孩子，天边的那道光又亮了。这一次，不是你迎着它，而是，你就是它……

李梓

10月28日

> 夜晚，我依偎在奶奶身旁，数着离过年还有多少天，离你们回来的日子还有多远，你们过年能在家待几天。数着数着，又一次潸然泪下。
>
> ——孙鹏瑶，11岁，五年级

亲爱的妈妈：

您现在好吗？您可知道女儿对您的想念与日俱增？虽然我们经常通电话，但都是匆匆忙忙挂了电话——可能是您太忙的缘故吧。所以，今天我想给您写一封信，把我的心里话一股脑儿地说出来。

您知道吗？自打您外出务工后，我从懵懂中好像长大了，知道您为了这个家，为了我多么辛苦，多么不易！我也学会了做家务，并且多做家务减轻奶奶的负担。但我终归还是个孩子，有些事情还是心有余而力不足。您坚强有力的爱，让我暗暗发誓一定要好好学习，不能让您失望。这次的期中考试我从上次的 242 分提高到 285 分，跑进家门的那一刻我情不自禁地喊："妈妈，我回来了！"我多么想把我的进步、收获、开心第一时间告诉您啊！但最后只有奶奶微笑着迎接我，深情地抚摸着我的头说："丫头，想妈妈了？她也想着你呢，只是暂时不能回来。"我的心里生出一种失落的感觉，泪水不由自主地从眼眶中涌了出来。

现在我懂事了，每天放学我会帮奶奶洗衣、做饭、打扫房间。虽然偶尔手会被烫着、划伤，但是都被坚强的我一一扛过。夜晚，我依偎在奶奶身旁，数着离过年还有多少天，离你们回来的日子还有多远，你们过年能在家待几天。数着数着，又一次潸然泪下。我怀念小时候依偎在您的怀抱，听您讲着故事渐渐入睡；怀念您拉着我的手出去散步，我快活得像只小鸟蹦来跳去；怀念您为我辅导功课，陪我一起做作业；怀念饿肚子的时候，您已为我做好了可口的饭菜……可如今，这一切却是多

么的可望而不可即。

　　我还有一个心愿,那就是盼望您早点回来,回来送我上下学,回来给我辅导功课。我每时每刻都想让您陪着我,做一个众人眼中的小公主。唉!您还是安心工作吧!是您的辛苦劳作才有了我现在的生活条件和学习

环境。妈妈，请您安心工作，我会听奶奶的话，认认真真地好好学习，我会以您为榜样，做一个有担当、有梦想的人。

愿妈妈身体健康，早日回家。

女儿：孙鹏瑶

6月3日

亲爱的孩子,你知道吗?其实你的妈妈一直就藏在你的心里呀!你所有的开心和烦恼她全部都知道,因为她就是你心中最坚定的信念啊!

纪丹迪

中国流行乐女歌手
公益活动热心人士

亲爱的孩子：

你好！很高兴看到你的信件！

虽然我们不曾相见，但是我想你一定很可爱吧！在我的想象中，你一定拥有一副纯真清秀的面容，一个如同花儿盛放般的笑容，无数个天马行空的梦想和一颗永远无法停止思念母亲的心。

你在信中提到，五年级的你，现在已经像个小大人一样了，会帮奶奶洗衣、做饭、打扫房间。我真的很高兴、很欣慰，但同时也感到十分心酸。在别的小朋友都在快乐嬉笑时，你却过早长大。

亲爱的孩子，请相信我，妈妈是爱你的，是她用夜不能寐和为人母的喜悦与担忧把你从一个小不点，养育成一个乖巧懂事的好孩子的。

亲爱的孩子，请相信我，妈妈虽然不在你身边，但她的爱却一直不曾远离。你可以想象：当你放学的时候，妈妈就是晚霞中那一抹温热的斜阳，与你一路同行；当你想和妈妈手牵手时，妈妈就是春天里飘落的花瓣，夏日里的徐徐清风，秋风中飘散的落叶，冬日里的一抹暖阳；当你微笑的时候，妈妈就是天空中阳光明媚的太阳，和你一同欢乐；当你哭泣的时候，妈妈就是阴霾天滴滴落下的雨点，陪你一同难过；当你嬉戏的时候，妈妈就是那看不见又摸不着的风，抚摸着你稚嫩的脸颊；当你失败的时候，妈妈就是你心中指路的灯塔，指引着你一步步走向成功。一年四季，无论何时何地，妈妈的爱都与你同在。

说了这么多，你是不是很好奇我怎么什么都知道？你是不是也很好奇我是谁？那我跟你介绍一下我自己吧！我叫纪丹迪，是一名歌手，也是一位妈妈。2005年参加《超级女声》选秀出道，2009年特招入伍，成为中国人民解放军空军政治部文工团的一名文艺兵。在2019年，也就是我当兵整整十年后，我退伍了。虽然我离开了军营，脱下了军装，但是军人的血脉已经长在了我的身体里，融进了我的血液里，刻在了我的脑海里。当兵的这些年，让我更加深刻地明白了一件事，做人要学会心中有信念，只有这样我们才能坚定地向着自己定好的目标奋力前行，决不放弃！如果成功了，也要不忘初心，不要骄傲自满，要用爱来回馈那些曾经帮助过你的人。就算最后失败了，也并不可怕，因为没有人能随随便便成功！失败并不可怕，可怕的是我们没有战胜它的决心，所以你要学会坚定你自己心中的信念，勇敢而骄傲地做自己，千万不要因为别人蔑视的眼光和不屑的言语而轻易地否定自己，改变自己！

我们的一生中，总会遇到或大或小的种种困难和磨炼，这是老天给我们的考验，也是我们人生中独有的经历！古人云："天将降大任于是人也，必先苦其心志，劳其筋骨，饿其体肤，空乏其身，行拂乱其所为，所以动心忍性，曾益其所不能。"简单来说就是"吃得苦中苦，方为人上人"。你要学会用积极乐观的心态去面对生活，少些抱怨，多些努力。这就像"打怪升级"一样，当你克服了一个又一个的困难，当你跨越了一道又一道的沟壑，当你战胜了一关又一关的"怪物"，你就会成为那个佼佼者，那个让你最最亲爱的妈妈引以为傲的好孩子！

亲爱的孩子，你知道吗？其实你的妈妈一直就藏在你的心里呀！你所有的开心和烦恼她全部都知道，因为她就是你心中最坚定的信念啊！愿你今后的每一天都充满欢声笑语，愿你今后的每一步都走得更加坚定和从容，愿你今后从不畏惧挑战，闯出一片只属于你的天！

纪凡迪

11月3日

唉，钱真的好美，我的父母已经被迷住了，你们真的在意我这个女儿吗？

——王宁

亲爱的妈妈：

您好！

今年端午节，家里没有了往年的吵闹声和欢笑声，只有我的叹息声。端午节本应是家人团聚在一起吃香甜可口的粽子的时候，而我们家只有我一个人，桌上放的是泡面，没有妈妈您包的粽子。隔壁家一声又一声地赞叹粽子的美味，更让我伤心地流下眼泪。

妈妈，钱有这么重要吗？钱是什么，就是一张纸，死也带不走，为什么要挣那么多钱呢？为什么不陪伴在我的身边呢？我知道，您是为了我，但是，我什么也不想要，只想让您陪我度过一个美好的童年。你们已经离开了很长时间，我想念您和爸爸了。

我每天会偷偷地在被子下面哭，我知道屋里没有人，但我仍想在背地里哭。我强笑着度过每一天，没有人知道我心里在想什么，想干什么。

妈妈，我每一次给您打电话，您都是说两三句话就挂了。妈妈，我有很多事想和您说，想让您回家看看我，想让您关心一下我，关心一下我的学习，即使吵我骂我都可以。平时我感觉我就是一个木头人，不会伤心，不会哭，并不是我没有感情，而是我不想表现出来，也不想让你们为我担心。

妈妈，您关心我吗？我并不太知道。爸爸妈妈，你们在外面还好吗？有空可以回家看看吗？今年我过生日，您和爸爸说好回来陪我过生日。结果呢？我等呀盼呀，一直等到了凌晨三点，而您却对我说："我工作太忙，不回去了。"您没回来，好像钱比您的亲生女儿更好，我什么也不是。我哭着跑进了洗手间，边洗脸边哭。为了表现出我的坚强和乐观，我选择了原谅。

唉，一个人的生日有什么意思呢？于是我把蛋糕送给了我们楼下的小朋友吃了。唉，钱真的好美，我的父母已经被迷住了，你们真的在意我这个女儿吗？能不能给我打个电话，发个消息？我希望你们能回来陪陪我，妈妈爸爸，端午节快乐！再见，我亲爱的妈妈！

祝您工作顺利，马到成功！

您的女儿：王宁

6月6日

刘称莲

著名家庭教育专家
"第二书房"联合创始人
国家二级心理咨询师
高级家庭教育指导师
萨提亚模式家庭治疗师和培训师

你的爸爸妈妈并不是不想陪伴你,他们只是选择了另外一种帮助你生活得更好的方式,我想,你一定可以从内心深处理解他们的苦衷。孩子,你知道吗?现实往往和遗憾交织,很难圆满。所以,抱怨是没有用的,我们不妨用抱怨的时间和精力努力学习,用知识和能力来改变自己的命运。有一天,你的命运不同了,一切就都不同了。

亲爱的王宁小朋友：

你好！

我叫刘称莲，是一位大朋友，也是一位妈妈，所以宁宁，你可以称呼我刘阿姨。

我细细地读了你的信，感到很心疼。你那么小，爸爸妈妈就外出工作，不能在身边陪伴你，这对一个孩子来说确实是很难接受的一件事情，可是你坚持了这么久。我想，你一定很懂事也很坚强，对吗？我想，你的爸爸妈妈也一定是为了改善家里的经济条件，为了让你过上更好的生活，才选择外出工作赚钱的。我之所以这么说，是因为我也是在农村长大的，非常了解农村的情况。在我的家乡，农民如果不进城打工，一年是没有多少收入的。所以，一到农闲时节，农民们就纷纷离家去城里找工作了，这样他们就会有更多的收入以便让生活过得更好。我猜想你的爸爸妈妈也是这样的情况，如果真的如此，那你的爸爸妈妈并不是不想陪伴你，他们只是选择了另外一种帮助你生活得更好的方式，我想，你一定可以从内心深处理解他们的苦衷。孩子，你知道吗？现实往往和遗憾交织，很难圆满。所以，抱怨是没有用的，我们不妨用抱怨的时间和精力努力学习，用知识和能力来改变自己的命运。有一天，你的命运不同了，一切就都不同了。

阿姨来给你讲讲自己的成长故事，也许会给你带来启发。

我小时候在农村生活，小学五年级时就必须要走好几里路去另外的村子上学。我每天都要很早起床，中午不能回家，在学校里用一碗开水泡一块馒头就是一顿午饭了，晚上还要步行很久回家。因为学习条件很苦，身边的小伙伴一个个地都不想再念书了。最初，我每天早晨都会挨个到小伙伴家去叫他们，希望他们和我结伴去上学，可他们都不想那么早起床。尤其是冬天，外面很冷，谁也不愿意从暖暖的被窝里出来。到最后，全村就剩我一个人在坚持上学。

那时候，我内心有一个信念：我将来一定要在宽敞明亮的办公室里工

作,而不要像我的祖辈那样,面朝黄土背朝天。为了这个理想和信念,再苦再累我都不怕,每天都非常努力地学习。后来,我考上了县城里的初中,初中毕业又考上了市里的高中,最终考上了大学。如今,我在北京从事着自己非常喜欢的工作。

有一次,我回家乡时见到了我童年时的一个小伙伴,她现在还在家乡务农,偶尔会到城里打工。我们聊到了小时候的事情,她说很佩服我当年的坚持,也羡慕我现在的生活。

我的所有经历让我明白了一个道理,条件艰苦并不可怕,只要有坚定的信念和目标,并且愿意为自己的目标而不懈努力,就一定会改变命运。

亲爱的孩子,我希望你也可以树立一个远大的目标,并把这个目标写在一张纸上,贴在你的床头。比如,你可以设定一个目标"我日后要成为一个服装设计师,让千万人都可以穿上我设计的衣服"。或者,你可以设定目标为"我将来要在农村创办企业,让千千万万的农民都不用去城里打

工,而是陪伴在自己的孩子身边"。无论你为自己设定了一个什么样的目标,从现在开始,就要为这个目标去努力。如果你真的为之不懈努力了,我想若干年以后,当你也有了自己的孩子时,你一定会陪伴在他们身边,并且可以帮助你的爸爸妈妈过上好日子。

好了,我就给你说这么多。祝你天天进步,开心快乐!

你的大朋友:刘称莲

10月30日

> 在盼望您到家的时候,我的心里无比激动与高兴,但当看到您时,又觉得好生疏。这几年的分离让我不敢在您面前撒娇,只敢远远地看着您。
>
> ——袁艺萌,13岁,初一

亲爱的爸爸:

不知道您现在是不是依然在流着汗水工作,是不是也在思念着我们。其实,就像别人说的,青春期的孩子不擅长表达,所以我不敢与您倾诉。

每天您与我们视频,看到您苍老的样子我就能想象您在外地的辛苦。听您说,您每天不是吃面条就是吃馄饨,我多么想说:"爸爸,吃点好的,别只顾省钱把身体搞垮了!"可是每次话到嘴边我就又咽了回去,因为我与您总有些生疏,而这种生疏感在我五岁的时候就已经埋下了。

在我五岁那年,您要出去打工,我哭着喊着不让您走,可是您不管我的哭闹毅然决然地走了,汽车开走的情景现在依然能浮现在我的脑海中。从那以后我再也不能体会拥有爸爸温暖的臂膀是什么滋味。从那时起,我再也不喜欢放学,因为放学就会看到别的小朋友有爸爸抱是多么幸福,而我,却没有。

就这样,没有您在身边的日子过了这些年,仿佛也习惯了。从前年开始,过年的时候您开始回来了,在盼望您到家的时候,我的心里无比激动

袁艺萌

与高兴，但当看到您时，又觉得好生疏。这几年的分离让我不敢在您面前撒娇，只敢远远地看着您。爸爸，您变老了，眼角已有了皱纹，头上趴着许多白发，我多想去把那些白发一根一根拔掉，但是我不敢上前。

现在您还在外地辛苦忙碌着，我依旧每天会想您，想让您回来陪我度过一天又一天，但我知道不可能。冰心奶奶写过一首诗，诗里说把对母亲的思念折成了小船。我也折了许多小船，希望这些小船能在梦里把我的思念与祝福带给您，愿您健康，一切顺心！

等您回来的女儿：艺萌

6月29日

> 好孩子，你要勇敢地表达对爸爸的爱，在任何有机会表达的场合、任何时间，用电话、用书信、用一切方式多对爸爸说我爱你，多主动地勇敢地去拥抱爸爸……

韩立群

中国古典文学博士
曾在地级市任纪委书记、常务副市长
现任河北省总工会党组成员、副主席

亲爱的艺萌小朋友：

看了你给爸爸写的信，我非常感动。从信中可以感受到，你是一个细腻、体贴又很懂事的好孩子，你知道父亲在外面打工的艰辛，知道父亲为了省钱节衣缩食的不易，你也渴望拥有爸爸温暖的怀抱、坚实的臂膀。但同时我也感受到，你们父女因疏于交流而慢慢变得生疏……

所以，阿姨非常想对你说：好孩子，你要勇敢地表达对爸爸的爱，在任何有机会表达的场合、任何时间，用电话、用书信、用一切方式多对爸爸说我爱你，多主动地勇敢地去拥抱爸爸……

阿姨想告诉你，世界上很多东西可以等待，唯有对亲人的爱，是不可以等待的。古人说过一句话："树欲静而风不止，子欲养而亲不待。"意思是树希望静止不摆，风却不停息；子女想赡养父母，父母却已离去。这是世间最令人难过的一种感受，尤其当我看到你说爸爸眼角有了皱纹、头上趴着许多白发的时候。

我也有一个十分爱我的爸爸，他在去年永远地离开了我。父亲走后，我经常思念他，我会给他写诗，我会对着他的照片说话，有时我会把他与大树、石头联系起来……这种思念无处不在，无形，又有形，紧紧地抓着我。我多么希望还可以拥抱他，还可以面对面地抚摸他的皮肤，还可以拥抱亲吻他的脸颊，而这一切都不可能再实现了。

所以，孩子，表达对亲人的爱，不能等待，这种爱体现在每一天具体的生活中、每一件小事里。

和父母在一起的日子，要勇敢地表达对他们的爱，不仅体现在语言里，更多要体现在行动中，比如帮父母做一点力所能及的家务，生活中要注意控制自己的情绪，不要动不动闹小脾气，无节制地宣泄自己的负面情绪。父母说的话，不管顺不顺自己的心思，都要认真地想一想，父母肯定是对自己最负责任的人，是为了自己好。

不能够和父母相伴的日子，就要很好地善待自己。要自律地生活，努力让自己成为那个最优秀的自己；要认真地学习、思考，让自己每天在上进的状态中。孩子，要永远记得：知识可以改变命运。所以一定要好好学习，勤奋努力，将来考一所好的大学，选一个自己喜欢的专业，成为自己希望成为的那一类人，在改变自己的命运的同时，还可以帮助更多的人。

艺萌小朋友，我们通过婚姻与家庭杂志社的牵线，有这个缘分相识。自收到你的信，阿姨就认真地查询了河南省永城市侯岭乡福和希望学校离我的距离。从此，在这个地方，就多了一个阿姨牵挂的人。阿姨希望你能够勤奋，朝着自己想达到的目标，一步一个脚印地去坚持、去努力。记住，越努力，越幸运。

阿姨祝福你。

时时牵挂你的阿姨：韩立群
11月2日

> 我又一次掰着手指头数过了一百三十二个日夜,期待着和你早日团聚的那一天。我想,你也有和我一样的思念,因为我们母女连心啊。
>
> ——张才华,12岁,六年级

亲爱的妈妈:

你好,最近工作还是很忙吗?我又一次掰着手指头数过了一百三十二个日夜,期待着和你早日团聚的那一天。我想,你也有和我一样的思念,因为我们母女连心啊。

妈妈,你知道吗?上个星期我过生日的时候,是一种怎样的心酸啊!虽然你给爷爷打了电话,让他给我买了生日蛋糕,可是,光有蛋糕的生日并不是快乐的。那天虽然是星期天,可我一个人躲在家里,哪也不想去。我怕一出门就看见邻居冉冉,她妈妈又给她梳了时尚漂亮的新发型;还有后院的萍萍,又在炫耀前几天她过生日,妈妈给她买双层蛋糕、和她一起吹蜡烛;我更害怕遇见同班的晶晶,因为每周她妈妈都可以带她去公园玩……爷爷下地干活儿了,我一个人在家里,吃了一口蛋糕,眼泪却默默地流了下来。

妈妈,你知道吗?去年冬天,有一次家里下了很大的雪,老师在微信群里通知家长早点来教室里接学生。同学的爸爸妈妈都早早来了,看着他们一个一个把自己的孩子领走,我心里满满的都是失落。我多希望能够出现奇迹,你突然出现在教室门口,然后牵着我的手带我回家。但我知道这是不可能的,想到这里,我的眼泪悄悄地滚落下来。爷爷不会用微信,老师发的信息都看不到,直到放学后他才蹒跚而来。在回家的路上,由于雪大路滑,爷爷不小心摔了一跤,还好问题不大。就这样我和爷爷互相搀扶着,跌跌撞撞天黑才走到家。为了让你安心工作,爷爷还一再叮嘱我不要告诉你。

爷爷年纪大了，干事情越来越力不从心，我虽然一天天长大，但照顾爷爷的时间有限。妈妈，回来吧，哪怕您在家门口附近的超市找一份工作也行，这样我就可以天天看到妈妈了。我马上要上中学了，学习任务也会越来越重，我多么希望当我学习遇到疑难的时候，妈妈可以随时给我辅导；我多么希望当我身体不舒服时，妈妈能够守在我身边嘘寒问暖；我多么希望……

妈妈，回来吧！

万分思念您的女儿：才华
6月10日

张才华

张才华和奶奶

> 看了你给妈妈的信，阿姨很感谢你，感谢你给了我一次触动心灵的机会。你信中的一行行文字，一遍遍地湿润了我的眼角；你信中的每一言每一句，一阵阵地扣动着我的心扉。

沈琰

良店发起人、CEO
正和岛温暖部落联席秘书长
中国自然疗法技术创新战略联盟副秘书长
首都文化产业协会常务理事

亲爱的张才华小朋友：

你好！

你写给妈妈的信，阿姨已经看过了，字里行间，让我感动。

你跟妈妈说"又一次掰着手指头数过了一百三十二个日夜"，我从中体会到你对妈妈那种殷切的思念如同涓涓细流，绵绵不尽，绕绕缠缠。你跟妈妈说"妈妈，你知道吗？上个星期我过生日的时候，是一种怎样的心酸啊"，让我看到了你对团聚的向往，也让我真真切切地感受到了你幼小心灵里藏着的孤单。你告诉妈妈"我多希望能够出现奇迹，你突然出现在教室门口，然后牵着我的手带我回家"，这句话深深地抓了我的心一下，我的手不由自主地动了一下。我想如果你在我身边，我一定要把你的手紧紧拉住，牵着你的小手，一直送你回到家中。你还跟妈妈说"爷爷年纪大了，干事情越来越力不从心，我虽然一天天长大，但照顾爷爷的时间有限"。我能看见一种坚强的力量在你的骨子里，看到了你懂事和孝顺的品质，更看到了你希望用自己的力量撑起自己成长之路的向往。最后，你跟妈妈说"妈妈，回来吧！"这时阿姨在心里甚至在和你一起呐喊："妈妈，回来吧！"真的非常希望，这一声呐喊能立刻传到妈妈的耳朵里。

我读着你写给妈妈的信，字里行间流露出的真挚感情已经把我拉到了你的面前，我似乎已经看到你那企盼的面庞、潮湿的眼神和那双想拉住妈妈的小手，甚至在脑中不断闪过你张开双臂扑向妈妈怀抱的身影。

看了你给妈妈的信，阿姨很感谢你，感谢你给了我一次触动心灵的机会。你信中的一行行文字，一遍遍地湿润了我的眼角；你信中的每一言每一句，一阵阵地扣动着我的心扉。

你跟妈妈讲你过生日的那段文字，我反复读了几遍，我的脑子里像过电影一样，想象着你过生日时候的情景。你当时的表情展现在我的面前，你当时的心情钻进了我的心里，我已经感受到了压在你心底的那份孤单，甚至是孤独。你希望奇迹发生，但我知道，你不只是希望，你是真想奇迹会发生。

不知道才华小朋友是否读过儿童作家曹文轩的童话小说《青铜葵花》。这部小说的开头就以潮湿、空旷的场景渲染出了一种极其孤独的情绪。曹文轩写道:"草是潮湿的,花是潮湿的,风车是潮湿的,房屋是潮湿的,牛是潮湿的,鸟是潮湿的……世界万物都还是潮湿的。""葵花很孤独,是那种一只鸟拥有万里天空而却看不见另外任何一只鸟的孤独。……它偶尔会鸣叫一声,但这鸣叫声,直衬得天空更加的空阔,它的心更加的孤寂。""有人看到,葵花常常在与一朵金黄的野菊花说话,在与一只落在树上的乌鸦说话,在与叶子上几只美丽的瓢虫说话……"

每每我看到小说开头的这段文字,不只是眼里,就连心里都会潮湿起来,心里总有一种空旷无着落的感觉。但是,就算眼角有太多的潮湿,心里有再多孤独,我们的灵魂之下总是会藏着一种期盼,一种对热闹与温暖的期盼,就比如你希望发生的奇迹。

不知道你当下的心情是否也跟葵花一样呢?

不管怎么样,我想对你说,要相信你在给妈妈的信里写出的那两个字——奇迹。并且,我还想说,在你的成长过程中,不只是希望,更要相信总会有奇迹发生。也许有些奇迹很小,小到谁都没有把它当成奇迹,但不用管别人怎么看,你自己一定要相信那是奇迹。

当葵花遇到了不会说话的青铜,这便是两个孤独灵魂相碰撞的奇迹。"这是一个无声的世界。清纯的目光越过大河,那便是声音。"于是,青铜和葵花"一见钟情",从孤独的阴影中渐渐爬出。"葵花一边蹦跳着,一边在嘴里唱着歌。青铜也唱着歌,在心里唱着……"

所以,朋友是摆脱孤独的最佳良方。你信中说你怕一出门会看到邻居冉冉和后院的萍萍,更害怕遇见同班的晶晶。我想告诉你,鼓起勇气,推开家门走出去,去迎接阳光,去跟冉冉和萍萍手挽手,去跟晶晶聊天说笑,她们也定会像阳光一样敞开怀抱,迎接你的勇气与友好。

也许你再给妈妈写信的时候,就可以高兴地告诉妈妈:我去冉冉家看了一本有趣的童话书；萍萍来到咱家跟我一起过了一个愉快的生日；晶晶偷偷把我过生日的事情告诉了班主任，班主任带着全班的同学给了我一个惊喜：一起为我高唱生日快乐歌。

学习也是成长最好的朋友。沉浸在学习的海洋中，孤独便无处遁藏，转眼就能够沉入我们无法触及的海底，再也不会浮上来。摆脱了孤独，学习这个益友，还可以让我们开阔视野、获取智慧。

当你再给妈妈写信时，可以告诉妈妈：家乡的夕阳好美呀！夕阳西下，村落群山沐浴在余晖之中，人们三三两两地在街道上漫步，晚风徐徐地拂送来一阵阵花木夹杂的幽香，使人心旷神怡，更觉夕阳无限好。相信妈妈会为家乡的夕阳而陶醉，为家乡的美景而倾倒，也会更加想念家乡，更加想念你。

也许这些真的会发生，这些便是成长中的小奇迹。凡事都是一样的，"不积跬步，无以至千里；不积小流，无以成江海。"于是，成长中的大奇迹可能就会随之而来了。当妈妈看到你的信时，脸上定是充满甜蜜的微笑，心里定是充满美好的心情。

当青铜每天坐在大草垛上，"他可以看到大河最远的地方。""阳光在他的眼前像旋涡一般旋转着。大河在沸腾，并冒着金色的热气。村庄、树木、风车、船与路上的行人，好像在梦幻里，虚虚实实，摇摇摆摆，又好像在一个通天的雨帘背后，形状不定。""在水帘下往大草垛跑动的，分明就是葵花。"

当不会说话的青铜"张开嘴巴，用尽平生力气，大喊了一声：'葵——花！'"，那就是成长中最大的奇迹发生了。

"三载霸西隅，一举成奇迹。"相信成长的力量，相信奇迹的发生，你便是自己的奇迹。当妈妈推开家门的那一刻，让妈妈看到一个不一样的你。

爱你的知心阿姨：沈琰

11月4日

爸爸，您对我的好我都知道，一直都知道。

——张存鑫，13岁，初一

亲爱的爸爸：

您还好吗？

我知道，父爱是伟大的。父爱如山，一座高不可攀的大山；父爱如墙，一面坚不可摧的万仞高墙；父爱如日，一轮为我照亮心灵阴暗角落的红日。

听妈妈说，生完哥哥后，您做梦都想要一个女儿，而我的出生令您欣喜若狂。我想要的您都会给我，别人有的，您从来也不会少我。

您在女儿的心中一直都是高大的，为我遮挡狂风暴雨，可您也不是无坚不摧的。您和妈妈都要出去打工，没人管我。原先租给我们房的人又反悔，因为我的住宿没有着落，我第一次见到您哭了。我伸出手替您擦掉眼角的泪水，那一刻，我发现，爸爸您不再年轻了，而我也不再是那个被您抱在怀里、向您撒娇的小女孩了。

您不善言辞，但我知道您对我的好。您总嚷嚷着不让我吃零食，却还总是在每次赶集回来时，为我买上一大包零食。小时候，我很容易感冒，所以家里总有我要吃的药。您一听见我吸鼻子，二话不说就去为我配药。您不知道的是，那些药最后都被我吐了出来，现在觉得那时的我真的很不懂事。

爸爸，这不公平。我的事从来都会向您倾诉，而您的事却从来不让我过问。那年夏天，您在工地上受了伤，一天您说您要出去，就送我去小姨家住几天。我问："您去哪儿？"您说："出去旅游。"后来我才知道，您是去做拆线手术去了。

爸爸，您对我的好我都知道，一直都知道。

祝您身体健康，心想事成，万事如意！

您的女儿：存鑫

6月16日

张存鑫

我想，你的爸爸定是希望你平安快乐地长高、长大。虽然他和妈妈外出打工，不常在家，但亲情这座"山"一直在你的生命中。他们在那里，不离不弃。

蒙晓梅

乡村教师
党的十九大代表
2018 年全国三八红旗手
2018 年全国岗位学雷锋标兵
2018 年特别关注教师获奖人
2019 年全国道德模范

小存鑫：

你好呀！我是晓梅阿姨，非常开心看到你写的信。

你说，父爱如高不可攀的大山，父爱若坚不可摧的万仞高墙……那么女儿是父亲的什么呢？我猜，应该是阳光、是雨露、是微风、是花朵。老爸爱你、宠你，怕你感冒，怕你担心，所以他才连受伤拆线都不敢让你知道。也许你会觉得自己不再是能在爸爸怀里撒娇的小女孩了，爸爸不对你吐露心事，你是不是很失落呢？

阿姨是一名教师，应该跟你的爸爸岁数差不多，现在每天工作充实、生活开心，但阿姨小时候却没有你这么幸福了。我生在广西来宾市忻城县北更乡大石山区，从小是吃"百家饭"长大的，家里大人都丧失了工作和劳动的能力，在左邻右舍的资助下，我才有饭吃、有书读。初中毕业后，为了感谢父老乡亲对我的恩情，我决心将自己的一生都奉献给家乡的教育事业。快三十年了，我不想让任何一个像你一样可爱天真的孩子因贫困失学，每天除了上课，其他的时间，我都用来扶贫和救助山里的孩子们。

让阿姨来给你讲几个小同学的故事吧，也许你会从他们身上发掘幸福和希望的源泉。我所在的地方属于国家级深度贫困县，所任教的小学远离公路，交通非常不便，1995年才通了电、通了路。还记得二十三年前，秋季学期已经开学好几天了，但是班上的学生朱五还迟迟没来上学，这可急坏了我，我决定到朱五家探个究竟。跋山涉水两个小时，终于到了他家。当我踏进他家大门的时候，只见朱五一家人正在喝稀粥，再看看那四面透风漏雨的竹编墙，我全明白了。

难过，矛盾，想哭。当时我想，朱五的学费是二百元，而我刚刚拿到一百八十元的工资，那天本来想给母亲买药，当时真的犹豫了。但又一想，如果我不帮一帮朱五，他这辈子恐怕就再没机会读书了。这么小的孩子，多可惜啊！于是，我下定决心，当着他父母的面，非常坚定地说："请你们一定要送孩子上学，学费的事，我来想办法解决！"然后我就急匆匆地赶回去了。说实话，我的母亲常年患病，我每个月的工资都用在医药费和生活费上了，根本就没有存款。我前后找了三个人借钱，才算勉强凑够了二百元。星期天晚上，当看到朱五同学出现在学校大门口时，我一颗悬着的心终于放下啦！虽然那时我还只是个代课老师，但一想到孩子有书读，家长有盼头，心里就特别欣慰。

2018年，阿姨的家乡走出一位"全国新时代好少年"——小秋亮。她两岁的时候母亲就去世了，父亲又患病在床，全靠年迈的爷爷奶奶干活来维持生计。从懂事时开始，小秋亮每天天刚亮就起床煮饭做菜、喂鸡喂猪，做好家务后，再步行一个小时赶到学校上课。放学后她也总是第一个冲出教室，赶回家照顾父亲，周末还要扛起锄头，跟爷爷奶奶到地里除草种菜。她是好样的，是我心中最棒的孩子之一，生活的重担，她早已扛在肩上。

还记得2014年我第一次见到小秋亮的时候，她还是个脏兮兮的五岁小娃娃。她在校门口徘徊，望着在学校操场玩耍的小朋友们，那小小的身影就如同当年因为无法上学，在一年级教室外站着听课的我。小秋亮没有牙刷，没用过肥皂香皂，也没有洗发水，指甲黑黑的，脖子下面、耳朵后面都脏兮兮的，头上长了很多虱子。秋亮奶奶的眼睛看不见，没办法为她剪头发。

后来，我开始接触小秋亮以后，给她买了各种洗漱用品，还帮她剪了短发，教她怎么洗发。女孩子都喜欢照顾别人，相信你也一样懂得那种保护弱者时，心里会亮起一盏明灯的感觉。所有生活中的细节，我都像妈妈一样耐心教给她。后来，我带秋亮第一次坐车、第一次住酒店、第一次走出北更乡甚至第一次去北京。我看到她的眼里闪出越来越亮的光芒，她很懂事，在外面吃到好东西，都要留着带回家给奶奶和爸爸尝尝，时时刻刻想着爸爸，特别像你，是不是？

小存鑫，看到这里，也许你有点懂了阿姨讲这两个故事的用意对不对？幸福的人生，不是永远向上爬，而是在努力的途中时不时地向身后看看，看一看比你更困难的孩子，数一数你怀里拥有的那些幸福。比起我、比起我们大山里的孩子，你是如此幸运，拥有健全的家庭，拥有这样一位不善言辞却爱你深如大海的老爸。

  我想，你的爸爸定是希望你平安快乐地长高、长大。虽然他和妈妈外出打工，不常在家，但亲情这座"山"一直在你的生命中。他们在那里，不离不弃。

  我相信，如果小存鑫向大山走去，大山也一定在向小存鑫走来。

  祝你身体健康，学习进步！

远方的阿姨：蒙晓梅
10月30日

> 妈妈,为什么别人都可以有自己的父母在家陪伴,而我却没有呢?每当我看见别人一家人走在街上的时候,你不知道我有多么的羡慕。我多么希望您和爸爸能回来陪伴我们。
>
> ——张涵,11岁,五年级

亲爱的妈妈:

您好!

您知道吗?您在外地打工,我在家里没有父母的陪伴,好孤独。家里只有奶奶,可奶奶年纪大了,身体也越来越差。妈妈,为什么别人都可以有自己的父母在家陪伴,而我却没有呢?每当我看见别人一家人走在街上的时候,你不知道我有多么的羡慕。我多么希望您和爸爸能回来陪伴我们。

您还记得那一次的离开吗?离开的前一天晚上,您对我说:"明天,我和你爸爸就要再次出去打工了。"我一听,就开始大哭,哭到头痛后昏昏沉沉地睡了。为了能够再见你们一面,我让姑姑给我定了最早的闹钟,夜里我不脱衣服,闹钟刚响,我就从床上弹了起来。望着你们离去的背影,我哭了。你们明明知道我哭了,却没有为我而停下脚步,而是毅然离开。为什么?我的心情久久无法平静,难过的泪水溢出眼眶。坐在门廊边哭泣的我,不知不觉睡着了,奶奶从外面回来,把我抱进了屋。第二天醒来,我发现妈妈躺在我的身边。我以为那是梦,便使劲地揉了揉眼睛,胆怯地伸手去摸,原来是真的!你根本不知道那时我的心情,根本无法用文字表达。后来才知道因为雾太大,把路给封了,所以你们只好回来了。

妈妈对我说,就剩这一天了,我们一定要好好珍惜这次陪伴你的机会。我们痛痛快快地玩了一天，那一天成为我最快乐的回忆。可快乐总是那样的短暂。第二天，你们又要走了，我憋着气不敢跑出去，耳朵却一直听着外面的动静。我听到汽车的响声在南边，于是我连忙跑上去想让你们回来。可我去的时候汽车已经开走了，我以平生最大的力气冲向车子，可还是没有追上，只看见一个遥远的黑点。此刻，我多么希望您能停下来看我一眼，可又怕迎来的是我们母女再次分离的情景。

　　妈妈，您知道吗？我多么希望能像上次那样，一觉醒来，你就躺在我的身边啊！

爱您的女儿：张涵
6月3日

张涵

张娜

北京师范大学发展与教育心理学博士
美国杨百翰大学教育学院联合培养博士
曾任美国杨百翰大学积极情绪和人格促进中心研究助理
联合国教科文组织访问学者
中科院心理研究所继续教育特聘专家

我深深地理解你对妈妈这样的感情,那是每个人生来就有的对母亲的依恋。同时,我也感到,虽然由于生活所迫妈妈不得不与你分开在外打工,但是你是幸福的,因为妈妈是那么的爱你,我从你的字里行间都能感受到那份沉甸甸的爱。我也相信妈妈的爱会伴着你一生,是你勇敢前行的力量。

亲爱的张涵同学：

你好！

看到你写给妈妈的信，你们之间深深的母女之情，让我非常感动！也为妈妈不能每天陪在你的身边感到非常惋惜！我在信中看到你和妈妈在一起玩得非常开心，妈妈离开后你对妈妈是那么的思念，我感到你和妈妈之间的感情是非常深的。我深深地理解你对妈妈这样的感情，那是每个人生来就有的对母亲的依恋。同时，我也感到，虽然由于生活所迫妈妈不得不与你分开在外打工，但是你是幸福的，因为妈妈是那么的爱你，我从你的字里行间都能感受到那份沉甸甸的爱。我也相信妈妈的爱会伴着你一生，是你勇敢前行的力量。

我有一个小建议，因为你很想念妈妈，相信妈妈每天也思念着你，那你可以跟妈妈做一个小约定，让妈妈每天跟你联系一次，无论是微信视频、语音留言，还是短信都可以。你也要每天写完作业后，用五分钟的时间给妈妈写一段话，跟妈妈讲讲你生活中或者学习中发生的事情，让妈妈了解你的生活和学习。当你生活中或者学习上遇到问题的时候，你可以跟妈妈聊聊，让妈妈帮你想办法，获得妈妈的帮助和支持；当你学习上取得进步，生活上掌握了新本领，你也要第一时间跟妈妈分享你的喜悦，让她看到你的成长和进步。

我给你推荐一本很好看的书，名字叫《团圆》。这本书讲述了一个小女孩和常年在外打工的父亲团圆的故事。我想，看了这本书你会从中获得坚强的力量。我也告诉你一个小妙招，下一次再和妈妈见面的时候，你们彼此送给对方一个礼物，这个礼物是可以一直随身带在身上的，让你们母女相互思念的时候可以拿出来看一看，也是你们思念的寄托。就像《团圆》这本书中小女孩送给爸爸的好运硬币一样，你的祝福和爱会给妈妈带来好运，妈妈的祝福和爱也会给你带来好运。

还有一个办法，我知道你聪明懂事，在你的身边一定有很多非常爱你的老师。那你能不能找一位你最爱的老师，如果老师同意，你可以把这位老师作为你的知心朋友。你可以跟老师做一个约定，当你在生活中或者学习上有了进步，可以跟老师分享你的喜悦；当你遇到困难的时候，你可以及时向老师求助。这样，你身边有了爱你的老师，远方还有爱你的妈妈，你就成了世界上最幸福的孩子！

亲爱的张涵同学，我也知道你身边有很多孩子都跟你一样，因为爸爸妈妈外出打工不能生活在一起。但是，你们并不孤单！社会上很多叔叔阿姨关心着你们的处境，也希望能够通过各种方式为你们提供支持与帮助。相信有了全社会的力量，面对未来的挑战，你们会更有信心！你们成长的脚步会更坚定！

最后，也特别谢谢你！你用细腻的笔触勾勒出了世界上最伟大的母女之情，我很荣幸读到你的信，你也让我感受到了爱的力量！

关心和爱你的张老师
10月31日

> 一想到你们过几个小时就又要出去打工了,这一走,就得一年见不到,我怎么能睡得着呢?
>
> ——张红怡,13岁,初一

亲爱的妈妈:

您好!

"妈妈,你什么时候回来呀,我好想你……"每当我和您通电话的时候,我都好想这样对您说。可是每次话到了嗓子眼儿,我又将它们咽了回去,因为我不想让您分心。

在我仅仅八个月大的时候,您和爸爸就迫于生计,外出打工。从那以后,你们每年只有在过年的时候才会回来几天。我感觉那几天永远是一年中最短暂的几天,因为你们对我的陪伴实在是太少了。每当过完年看着你们远行的身影,我的眼泪哗地就流了下来。我清楚地记得,有一年你们订的车票是凌晨的。前一天晚上,爷爷奶奶在客厅里面给你们整理东西,我早早就睡下了。说是睡下,一想到你们过几个小时就又要出去打工了,这一走,就得一年见不到,我怎么能睡得着呢?想到这儿,我就偷偷地躲在被窝里哭,您可能听到了我的哭声,就推开了房门。听到脚步声,我赶紧擦擦眼泪装睡,您进来看到我睡着了,才又放心地出去了。

每次别人家的孩子过生日,我都很羡慕,因为别人家的孩子过生日都有父母陪在自己身边,而我过生日,您却只能打个电话……

记得有一次,爷爷腰椎间盘突出严重,需要到市里住院。您和爸爸连夜赶回来,带着爷爷去住院了。等到爷爷的腰恢复得差不多了,您和爸爸又要回打工的地方了。这一次不知怎么的,在您收拾行李的时候,我再也压抑不住自己内心的痛苦,哭着央求您不要出去打工,留在家里多陪陪

我。可是无论我再怎么央求,您去打工这个事实都是不可能改变的。妈妈,您一直在为我擦眼泪,我知道您心里一定比我还要难受,但您是坚强的,没有哭出来。临睡之前,我叮嘱您说:"明天一定要早点喊我起床,让我去送你们啊!"您答应了。可是第二天当我醒来的时候,家里早已没了你们的身影,原来你们已经走了。那一瞬间,我突然觉得你们将我抛弃了……

您和爸爸每天省吃俭用,就是为了让我过上好的生活,给我攒上大学的费用。我一定不会辜负你们对我的期望,我会努力考上一所好的大学的。

您的女儿:张红怡

6月14日

董颖

北京大学社会学硕士
婚姻家庭（高级）心理咨询师
婚姻与家庭杂志社主编

作为一个母亲，我很欣慰也很心疼。欣慰的是你懂爸爸妈妈的不容易和苦心，没有因为长时间的分离而和他们在感情上疏远，懂得体谅大人的难处；心疼的是，你把难过和无助都自己一个人默默扛了。

亲爱的红怡：

读了你写给妈妈的信，我湿了眼眶，心里又感动、又温暖。你才十三岁，就这么懂事，真是个好闺女。

你读初一，和我的女儿一样大，我能够想象你大概多高、多可爱、多懂事。这些年，没有爸爸妈妈在身边陪伴，你全靠自己的努力和认真，学习、进步、成长，很了不起。

从信中可以看出，你是一个懂事又善良的孩子，能够理解爸爸妈妈的不容易，所以尽管每次电话中都很想问他们什么时候回来，却忍着没有说。也许有些孩子和你情况相似，却怪父母不能陪伴自己，或者怪爸爸妈妈不能在本地工作挣钱，但你没有。你不仅没有怨他们，还非常体谅，知道爸爸妈妈是不得已所以需要外出工作，知道他们努力赚钱是为了给你提供更好的条件，还知道妈妈可能会因为你的想念而难过和分心。你的爸爸妈妈真是生了一个好女儿。

作为一个母亲，我很欣慰也很心疼。欣慰的是你懂爸爸妈妈的不容易和苦心，没有因为长时间的分离而和他们在感情上疏远，懂得体谅大人的难处；心疼的是，你把难过和无助都自己一个人默默扛了。

其实作为母女，生活上的陪伴和交流固然很重要，但是精神上的陪伴更加能够增进感情和依恋。现在的通信手段如此便捷，你可以把身边的事情、学校的趣闻、你的心事和思念，多向妈妈讲讲。虽然她不在你身边，但是妈妈永远是那个最关心你、最爱你的人，你说的一切事情她都会愿意听，都会听得津津有味。能够陪伴女儿的成长，分享她的喜怒哀乐，是一个妈妈在工作之外觉得最幸福、最快乐的事情了。

你现在快要步入青春期了，这是一个孩子成长的关键时期，你的身体、心智都会快速发展，关注的事情和心态也会和小时候有很大不同，所以在这个阶段，你更需要和爸爸妈妈多沟通、多分享。可以说说你新结识的朋友、你觉得困惑的事情或者对一些事情的看法，父母能够给你一些好的建议并且帮助你健康平稳地度过青春期。

你在信中提到,有一次你醒来家里已经没有了父母的身影,突然有一种被爸爸妈妈抛弃的感觉。这种深深的无助感,我小时候也感受过。我妈妈总是上夜班,下午四点左右离开家,正是小朋友睡午觉的时间点。每次两点多上床前,我总是千叮咛万嘱咐:"妈妈一定叫醒我,我要和你说再见。"但是每次睡醒睁眼喊"妈妈",家里早已经没有人了,每当这时我都会难过好一阵。从那时起,我总是抵触睡午觉,就怕自己醒来后见不到妈妈,直到现在也保持这个习惯。所以我懂你的感觉,理解那种没有做好分别的心理准备,以及没能在爸爸妈妈离开时候亲口说"再见"的遗憾。

作为一个比你大二十几岁的大朋友,我想把我长大后的一些感受分享给你。成为大人之后,一个人过得是不是幸福,并不是由好成绩、好工作、高收入那些有着明确指数的东西左右的,而是源于我们的心态和感受。在面对同样的事情时,乐观的人看到的就是阳光的一面,悲观的人就总是不满意。所以,在成长的过程中,希望你能够多和乐观的人交朋友,用积极的眼光看待这个世界,这样的你长大后更容易找到幸福和快乐。

我现在已经是名副其实的大人了,但是平时最亲密无间的朋友,都是在中学时期建立起的友谊。你现在可能不会想到十几二十几年后,你身边的这些同学,都会是你最温暖最给力的朋友。中学时的友谊最纯粹,虽然在一起时也曾有矛盾别扭,但是无论我们现在什么年纪、做着什么工作,见面时都是最无拘无束、相处简单的朋友。希望你也能够在初中交到几个投缘的好朋友。

学习之外,还希望你能够有一些自己的兴趣爱好。离开校园之后,一些人会觉得生活乏味,是因为之前一直埋头读书,突然没有了考出好成绩这个目标,就不知道生活的方向在哪了。兴趣和爱好恰恰是丰富我们的生活、给我们的精神不断提供养分的法宝,在空闲时,发展个人爱好会是一件让你受益终身的事情。

你在结尾说爸爸妈妈外出工作是为了给你攒上大学的费用,你一定不辜负他们的期望,努力考上一所好大学。我相信像你这样理解父母、懂得感恩的孩子,一定能够做到的。到那时,你就可以回报爸爸妈妈和照顾你的爷爷奶奶,这该是一件多美妙的事情啊。

　　红怡小朋友,很高兴能够读到你写的信,这是一个奇妙的缘分。

　　我们单位做的杂志可读性很强,里面有很多关于学习方法、性格养成的文章,今后我想寄给你看,希望能够和你多多交流。如果你愿意,也欢迎你给我写信。

　　祝你学习顺利、生活幸福!

董颖

10月31日

> 你们没日没夜地工作，也都是为了这个家，为了让我过得更舒服些，我能抱怨什么呢？……爸爸妈妈，我知道我应该坚强、应该独立，可是，再坚强、再独立的人也有脆弱的一面。
>
> ——张慧宇，12岁，六年级

亲爱的爸爸妈妈：

你们好！

我想你们了，昨晚又梦到你们了。

"张慧宇，看这里，说茄子！"今天是儿童节，爸爸妈妈正陪我在游乐园里玩呢。瞧，妈妈要给我拍照了，我做出了各种各样的姿势，妈妈的手机"咔嚓""咔嚓"响个不停。

"丁零零，丁零零……"闹钟响了，我猛地把眼睛睁开。哦，原来是一场梦啊！在梦里，我是多么快乐啊！有爸爸妈妈的陪伴。可一觉醒来，看见的是白得刺眼的天花板。我把被子蒙在头上，想让这个梦继续做下去，可我怎么也睡不着了。我抱着你们送给我的泰迪熊，小声地抽泣起来……

爸爸妈妈，从我出生的那一刻起，我就知道，你们就是来关心我、守护我的两位天使，你们含辛茹苦地把我养大，我最熟悉的四个字就是"爸爸妈妈"。可是有一天，在生活的逼迫下，你们离开了我，到远方工作去了。以前的开心、无忧无虑都化作了泡影，以前你们对我无微不至的爱都变成了回忆。

爸爸妈妈，你们知道吗？有好几次我都梦到你们回来看我，梦到我和你们一起逛公园、逛超市、去游乐场，每次醒来我都会小声地抽泣。爸爸妈妈，我多想梦中的那些情景都变成真的啊！可是我知道那是不可能的，你们没日没夜地工作，也都是为了这个家，为了让我过得更舒服些，我能抱怨什么呢？每当看到别的妈妈拉着孩子的手从眼前走过，我总会有一种想哭的冲动。爸爸妈妈，你们总是给我寄钱，让我喜欢什么就买什么，可是你们真的知道我最需要什么吗？是你们的关心啊！

爸爸妈妈，我非常怀念小时候，怀念你们拉着我的手出去散步，怀念你们为我做可口的饭菜，怀念你们为我辅导功课，怀念你们为我讲故事……可如今，这些仿佛都成为永远的过去，不再重来，我的心在默默流泪。爸爸妈妈，我知道我应该坚强、应该独立，可是，再坚强、再独立的人也有脆弱的一面。

爸爸妈妈，我也很感谢你们，是你们把我带到这个五彩缤纷的世界上。我爱你们！祝你们在外地过得平安、顺利。

爱你们的女儿：张慧宇
6月8日

张慧宇

矫丹红

上海师范大学设计艺术学硕士
婚姻与家庭杂志社产品运营专员

父母都是最爱我们的人，最关心我们的人。所以慧宇，你的爸爸妈妈可能不善于去表达对你的爱，他们的一句"你喜欢什么就买什么"，恰恰是爱你、关心你的表现啊。他们质朴善良，觉得满足你的所有愿望你就会开心、会快乐。你也一定要如他们所期望的那样，做个快乐幸福的孩子。

亲爱的张慧宇同学：

看了你写给爸爸妈妈的信，我非常感动，热泪盈眶，也有很多想和你说的话，能跟你聊聊吗？

我是一位两岁女孩的妈妈，我的女儿叫爱米。阿姨能深刻体会到你对爸爸妈妈的依恋和想念，因为我的女儿对我也是这样的。她天天粘着我，让我讲故事，每每我下班的时候就会拉着我的手说"妈妈来陪爱米玩"。现在她开始能用语言表达自己的想法了，每到周末嘴里说的最多的一句话就是"妈妈不上班真好，妈妈不上班，妈妈不加班"。慧宇，你是大姑娘了，听着爱米的话是不是觉得很可爱，也有点幼稚啊？其实她也跟你一样，希望妈妈一直一直陪在她的身边，所以阿姨非常能体会到你想爸爸妈妈的心情，你真的很勇敢、很坚强。

慧宇，在信中你提到好几次做梦都梦到爸爸妈妈，可见你多想念他们，看到这里阿姨特别想拥抱你。大家都说爱做梦的女孩一定是天使，你在信中提到，想爸爸妈妈的时候你会抱着他们送给你的泰迪熊小声抽泣，阿姨不知道现在是爷爷奶奶还是姥姥姥爷在照顾你，但是不管是谁在照顾你，你肯定是不想让他们听到，让他们跟着你一起难过，你是一个多么孝顺的好孩子啊，阿姨给你点赞！你的感情这么细腻，阿姨相信你一定是一位善良懂事的好姑娘。

慧宇，你还记得你第一次离开妈妈的怀抱学着走路吗？还记得第一次自己吃饭吗？还记得第一次自己去上学吗？你在长大，需要学习，需要更多的知识去充实自己，有了这些你日后会少走很多弯路，会长成一棵参天大树。那对父母也是一样啊，你的爸爸妈妈把你生下来，在你小的时候细心照顾你，陪你玩耍，给你做可口的饭菜，给你讲故事……当你能够照顾自己的时候他们选择了外出工作，因为他们也要实现自己的人生价值，他们也要跟你一起成长，一起进步。可能在你们的小城他们没法找到自己心仪的工作，所以他们必须走出来实现自己的梦想，实现自己的人生价值。

爸爸妈妈是你的学习榜样，他们的远行既给你的学习、生活提供了物质保障，又实现了他们的理想。你是不是应该为他们鼓掌，为有这样的爸爸妈妈感到骄傲呢？

  慧宇，读到你说"看到别的妈妈拉着孩子的手从眼前走过，我总会有一种想哭的冲动。爸爸妈妈，你们总是给我寄钱，让我喜欢什么就买什么，可是你们真的知道我最需要什么吗？是你们的关心啊"时，阿姨又情不自禁地流泪了，因为阿姨想到了自己小时候。阿姨的爸爸是一位警察，警察的工作是很特殊、很繁忙的，所有的节假日、休息日他们都在一线，甚至过年都不能跟我们一起吃团圆饭，每逢周末或者过节的时候我看到别的爸爸把他们的孩子扛在肩头一起玩耍，我也偷偷地流泪，觉得爸爸不关心我、不陪我。但是妈妈总是跟我说，每当我睡着的时候，爸爸回家总会找一把椅子坐在我床头，看着我，亲亲我的额头。他真的不太会表达，但是父母都是最爱我们的人，最关心我们的人。所以慧宇，你的爸爸妈妈可能不善于去表达对你的爱，他们的一句"你喜欢什么就买什么"，恰恰是爱你、关心你的表现啊。他们质朴善良，觉得满足你的所有愿望你就会开心、会快乐。你也一定要如他们所期望的那样，做个快乐幸福的孩子。

  慧宇，不知不觉阿姨跟你唠叨了这么多。你要知道，你的爸爸妈妈一定是全天下最爱你、最关心你的爸爸妈妈，他们的远行，他们的选择，都是为了你的更好，你们一家日后的更好，所以试着去理解爸爸妈妈。跟阿姨来个约定好不好？下次爸爸妈妈来电话的时候，跟爸爸妈妈敞开心扉，告诉他们你有多爱他们，多想他们，让他们在外面多吃点好的，照顾好自己的身体。阿姨相信你一定可以做到的，是吗？

  慧宇，通过你的文字，你的表达，包括你写的工整的字，阿姨知道你一定是个爱学习的好学生。这点你的爸爸妈妈一定很欣慰，所以他们在外面才如此努力。你要继续保持、继续加油，多交朋友，在努力学习的同时也要好好锻炼身体，多帮家里的老人做点家务，做一个德智体美劳全面发展的好学生好不好?下次爸爸妈妈回家的时候,抱抱他们,亲亲他们,像你信中写的那样,亲口告诉爸爸妈妈你爱他们。

慧宇,爸爸妈妈再给你送礼物的时候,不妨跟他们要一部手机吧。这样你可以和爸爸妈妈每周找一个共同方便的时间视频,你也能经常看到爸爸妈妈了。答应阿姨,有了手机之后一定要严格控制自己的使用时间噢,这是阿姨给你支的一个小招,以此来化解你对爸爸妈妈的想念。

慧宇,如果有机会来北京,一定打电话给阿姨,阿姨把联系方式给了你们的老师。阿姨带你吃全聚德、爬长城好不好?阿姨能在这么多封信中选了你的信,给你回信,这一定是咱俩之间的缘分。也期待你给阿姨的回信噢!

矫丹红

10月30日

> 您对我的爱是一本永远让我回味的书,您就是那不署名的作者。尽管您已外出打工多年,但您对我的谆谆教诲,女儿一直铭记在心。
>
> ——张荣涵,13岁,初一

亲爱的妈妈:

您还好吗?我很好,就是太想您了。

妈妈,您虽然离我很远,但我始终能感觉到您爱的存在。女儿马上就要升入八年级了,我在七年级的这一年里,学到了许多的东西,更重要的是我懂得了感恩,懂得了母爱的伟大。

妈,您说是不是很矛盾?您在家时,我也不知道说什么,话题很少;可当您走后,心里一大堆话想要和您说,但您已经走了。

对了,妈,不知道你是否还记得母亲节那天的事。那天我考虑了很久,决定给您发一条短信,我精心写好后,给您发了过去。您说,当您看到这条短信的时候,感动得泪流满面。您还说,女儿长大了,懂事了。其实,我早就想和您说:"女儿长大了,可以为您做些事情了。"

我知道,您最操心的是我的学习。在小学的时候,我有些偏科,语文不太好。您总是很耐心地教导我。现在的我已经不再是当初那个贪玩、满足于现状的我了,我努力奋斗了,我学好了语文,而且其他学科学习得也挺好,你就放心吧。

"妈妈,妈妈!"女儿在呼唤您,您听得见吗?无论何时、何地,我最思念的都是您。我思念您和蔼的脸庞,我思念您温暖的话语,我思念您无微不至的关怀……您对我的爱是一本永远让我回味的书,您就是那不署名的作者。尽管您已外出打工多年,但您对我的谆谆教诲,女儿一直铭记在心。妈妈,如果您回来了,女儿要抱抱您;如果您回来了,女儿要诉说对您的思念；如果您回来了，女儿要为您唱一首歌，歌名是《世上只有妈妈好》。

一朵小花总想抬起头感谢太阳公公给了她明媚的阳光，一棵大树总会弯下腰来感谢大地母亲给它提供了丰富的养料。亲爱的妈妈，真的谢谢您为我所做的一切！

谁言寸草心，报得三春晖。我会铭记您的恩情，拥有一颗感恩的心。在今后的学习生活中我会更加勤奋刻苦，不断完善自己，尽我最大的努力，让您开心、放心、安心。请您相信，女儿这颗炽热的感恩之心永在！

最后，祝您身体健康，工作顺利！

爱您的女儿：张荣涵
6月14日

张荣涵和奶奶

妈妈温暖的能量一直陪伴着你，而你充满爱的能量也一直陪伴着妈妈，这个能量每一天都在，并且还因为彼此的牵挂而日益浓郁。其实你一点也不孤单，反而还很幸福，你感觉到了吗？

如如

直创思想创始人
现代教育集团董事长
爱家读书联合创始人
教育领域职业投资人
注册国际心理咨询师
高级家庭教育指导师

亲爱的宝贝荣涵：

你好！

我是如如老师，也是一位两个孩子的妈妈，大儿子年龄比你大一些，小女儿年龄比你小一些。我相信未来的某一天你们会相见，还会成为很好的朋友，因为我们在冥冥之中有着特殊的缘分，你说是吗？

我几乎是红着眼眶看完了你的信，从短短的几百字中，我认识了懂事的、乖巧的、心思细腻的你，而如此优秀的你，一定也是你亲爱的妈妈的骄傲。

你知道吗？在你日日夜夜都想念妈妈的时候，其实你的妈妈也在无时无刻地想念你。她在外地工作很忙，但是一有闲暇时间，都会拿出手机里珍藏了很久的你的照片，看呀看呀，想起你可爱的模样会不由自主地笑起来；看呀看呀，想起你乖巧又孤单的模样，又会忍不住掉眼泪。每次抽时间回家，她是多么希望可以好好地陪伴你，甚至晚上不舍得睡觉，只是静静看着熟睡的你，就觉得无比的幸福。

她是那么的爱你，但是为了生活、为了工作，她背负起重担和责任远走他乡，但是你一定要记得：她比任何人都爱你，比任何人都牵挂你。

正如你信里所说：你始终能够感觉到妈妈爱的存在。是的，虽然你们没有在一起，你的妈妈不能像其他小朋友的妈妈一样，每天给你准备好美味的早餐，迎着早晨明媚的阳光，开心地牵着你的手把你送进学校；也不能在你放学的时候，伴着晚霞把你接到温暖的家。但是你们的心却无时无刻不在一起，你牵挂着她，她牵挂着你，妈妈温暖的能量一直陪伴着你，而你充满爱的能量也一直陪伴着妈妈，这个能量每一天都在，并且还因为彼此的牵挂而日益浓郁。其实你一点也不孤单，反而还很幸福，你感觉到了吗？

亲爱的荣涵，其实每个人都有一棵生命树伴随我们成长，在生命树的左边是积极、乐观、正能量，而右边是消极、悲观、负能量。而向左还是向右的选择权，在我们自己手上。如如老师希望你可以做一个遇到任何事都选择左边的向上好少年，让自己的生命树茁壮成长，让自己像一株美丽又乐观的向日葵，明媚而耀眼！

  亲爱的荣涵，就写到这里吧，希望在未来的某一天可以遇见闪闪发光的你。如如老师很爱你，也会一直真心地祝福你。

你亲爱的如如老师
11月20日

> 您转身离开后,我的泪水就如夏日里的暴雨来得措手不及。为了不让您看见,我躲在了门后。直到您走远,我才哭出声来……
>
> ——张元春,10岁,四年级

亲爱的母亲:

您好!

母亲,您像春雨般滋润我干涸的心田,您像冬日里的阳光给我带来温暖,您像夜晚的路灯为我照亮前方的路。虽然我们相隔千里,可我们之间的亲情不会变。

俗话说:儿行千里母担忧。可对我来说,是母行千里女思念。

母亲,您知道吗?您第一次离开我外出打工的时候,我才三岁。我依稀记得,您走的那天,奶奶把我抱在怀里,站在家门口望着您远去的身影,您时不时地回头看我,偷偷擦去眼角的泪水。我六岁时,您偷偷地走了,没有告诉我,是怕我哭吧?当我醒来找不到你,的确大哭了一场。奶奶不得已告诉了我,我跳下床,向村口跑去,可您已经上了大巴车。我追着大巴车跑,嘴里还喊着妈妈,路上不知摔了多少次……只见您从车窗招手让我回去,哭得比我还厉害。最后,还是三叔把我拉回去的。九岁时,我已经长大了,也能理解您了。在您走的那天早上,我强忍着泪水,露出微笑。您走的时候,抚摸了我的头,给我了一个拥抱,露出慈爱的微笑。那微笑就像暖阳散发出的光芒,温暖我心底的每一个角落。可是您转身离开后,我的泪水就如夏日里的暴雨来得措手不及。为了不让您看见,我躲在了门后。直到您走远,我才哭出声来……

母亲,您今年外出打工已经有六个月了。在这段时间里,我无时无刻不在想您,担心您每天有没有吃饱饭,干活累不累。一想到您那憔悴的面

容,我那不争气的眼泪又流了下来……

母亲,您在外地一定要照顾好自己,不要担心家里,家里还有我呢。我已经长大了,爷爷奶奶我会照顾好的。我也一定会好好学习,不辜负您的期望。

祝您身体健康,工作顺利,越来越美!

爱您的女儿:张元春

6月9日

我也是个母亲，当我看到你写的"母行千里女思念"时，百感交集，有感动、有遗憾、有欣慰。我感动的是你这么小的年纪便已经懂得心疼妈妈、担忧妈妈；遗憾的是这么懂事的孩子，妈妈却不在身边，让你的童年有了一些缺憾；欣慰的是，即便妈妈不在身边，你依然成长得那么好，你的世界里没有抱怨，只有理解。

陶真

著名家庭教育专家
河南省家庭教育学会会长
河南省亲子志愿联盟主席
河南广播电视台信息广播陶真工作室负责人
团中央青少年教育智库专家团成员

元春宝贝：

你好！

亲爱的宝贝，阿姨真想拥抱你，深深地拥抱你！我是你的老乡——河南广播电视台信息广播的陶真阿姨。出版社阿姨把你的信件转给我后，阿姨认真地一字一句地读了你写给妈妈的信，我被你文字背后那真挚的、透明的赤子之心深深打动。你对母亲的爱跃然纸上，让我震撼！你是一个非常懂事的孩子，这么小的年纪就已经能够站在大人的角度考虑问题。

从信中，我得知你的妈妈是一个外出务工人员，她远离家乡，想努力打拼为你争取到更好的物质条件，但这样一来，就不得不和你分离。我懂得你母亲的无奈，也看到了你作为一个孩子对母亲的思念和理解。

我也是个母亲，当我看到你写的"母行千里女思念"时，百感交集，有感动、有遗憾、有欣慰。我感动的是你这么小的年纪便已经懂得心疼妈妈、担忧妈妈；遗憾的是这么懂事的孩子，妈妈却不在身边，让你的童年有了一些缺憾；欣慰的是，即便妈妈不在身边，你依然成长得那么好，你的世界里没有抱怨，只有理解。

孩子，虽然妈妈在你三岁的时候就外出务工，虽然你每年见到妈妈的次数不多，虽然妈妈对你的陪伴很有限，但你依然学会了爱，也很懂得爱。爱不是抱怨，而是包容；爱不能只是索取，还要有付出。

孩子，阿姨要告诉你，只要心中有爱，眼中有希望，未来就会是美好的。现在，咱们国家正在进行乡村振兴、脱贫攻坚，咱们河南是农业大省，政府制定了很多政策帮助咱们的乡村发展。河南省妇联推出了一系列"巧媳妇"工程，现在，有好多外出打工的妈妈都回到了家乡，做服装加工、开民宿、养鸡养鸭、种食用菌，她们挣了钱、养了家、陪了娃。孩子，你可以在下次给妈妈的信中把这些好消息告诉她，告诉她有很多叔叔阿姨都在为农村建设而努力！孩子，我相信，我们的家乡会建设得越来越好。在不久的将来，你的妈妈就不用远离家乡去外地打拼了，她可以留在你身边，在陪伴你的同时还可以为你创造更好的物质条件。孩子，我们要有信心！

　　孩子，你尝过分离之苦，知道妈妈不在身边的童年是有遗憾的，但生活本就不是一帆风顺，而是幸福和伤痛交织的，幸福可以温暖我们，伤痛可以磨砺我们。我们尝过苦，才能更懂得为了未来而努力。孩子，等你长大学习很多本领后，你可以回到你的家乡，为家乡做贡献，让更多的妈妈们不再远离自己的孩子。

　　孩子，阿姨的家就在离你很近的郑州市，这里是咱们河南的省会，在你妈妈不在家的时候，我愿意来做你的代理妈妈！你可以把你所有的快乐和烦恼告诉我，我愿意用心倾听，愿意用爱拉着你的小手一起走。阿姨有个十岁的儿子，相信你们可以成为好朋友，互相学习、互相帮助。

　　欢迎你放假的时候来我家做客，让阿姨带你好好看看咱们美丽的省会——郑州。

　　亲爱的宝贝，加油！

陶真

10月29日

> 妈妈,今年我都十五岁了。您还没来得及见证我的成长,我都已经长大了。
>
> ——祝俊芳,15 岁,初三

敬爱的妈妈:

您好!

我有很多话想对您说,但是有些话当着您的面时我说不出口。妈妈,我就用书信的方式来诉说我的心声吧!

我五岁时,您外出打工挣钱,爷爷奶奶照看我,您一年回来两三次,在家的时间加在一起也不到一个月。您不在家我想您,给您打电话又怕您忙,我们的联系就越来越少了。

妈妈,今年我都十五岁了。您还没来得及见证我的成长,我都已经长大了。

您过年回来,我们坐在沙发上,面对着面,却无话可说。您问我的学习成绩如何?生活上还缺什么?我简短回答过后,就再也没什么可聊的了。我心里有一种说不出的感觉。妈妈,您知道吗?都说女儿是妈的小棉袄,可您在我心里的地位却比不上爷爷奶奶。这样说您可能不高兴,但我还是忍不住要说。妈妈,您知道我需要您的陪伴,您却不在我身边,我心里是什么滋味吗?

有一次,学校开感恩会。奶奶年龄大了,行动不方便,怕她摔着碰着没敢告诉她,也没有告诉您。我知道您工作忙,我就是告诉您,您也回不来,所以我也没说。

同学们的父母都来了,我独坐在自己的位置上,看着同学和父母有说有笑,我羡慕极了!我同桌的妈妈坐在凳子上,她依偎在妈妈身边,脸上洋溢着幸福的笑容。我盯着看，眼睛不舍得离开！

时间过得真慢啊！看着台上同学和妈妈抱在一起，哭成泪人，我真想让感恩会快点结束。妈妈，从小学到初中我一直盼望您能回来参加我的家长会，可等到初中毕业也没等到。

妈妈，您可能都不知道我喜欢吃什么、喝什么？我身高多少？我知道您爱我，但您知道我最需要什么吗？我最需要您的陪伴。

那次，我生病发高烧得了肺炎，爷爷奶奶可急坏了，赶紧和您打电话，您知道后二话没说就赶回来了。在医院里，您无微不至地照顾我，用手抚摸我的头给我安慰，喂我吃饭，握紧我的手给我力量，帮我洗头，晚上一遍遍地给我盖被子。虽然我病着，但我觉得很幸福！

妈妈，我知道您外出挣钱很辛苦，但我还是希望您能经常回来看看我、陪陪我，咱俩躺到一起谈谈心，让我跟您说说知心话。

妈妈，我不善于表达，第一次以书信的方式表达我的心声，希望您能读懂我内心的感受！

祝愿妈妈身体健康，心想事成！

您的女儿：祝俊芳
6月4日

孩子，锦瑟华年，不需要枉自嗟叹，带着妈妈的爱，带着爷爷奶奶的爱，乐观向上，坚定向前，学会独立，学会成长，美好的明天，在向你招手！

徐炳倩

北京教育学院朝阳分院附属学校教师

亲爱的祝俊芳同学：

你好！

我叫徐炳倩，是一个在北京教中学的老师。一个偶然的机会，我看到了你写给母亲的信，你在信中谈到对妈妈的想念，让我十分感慨，也想跟你说说悄悄话。

为了生活，你和妈妈分住两地，和爷爷奶奶在一起生活。年幼的你要独自承受巨大的压力，你的心情，徐老师非常理解。

有一种爱叫骨肉分离。

孩子，你听过老鹰和小鹰的故事吗？从前，有一只老鹰和它的孩子小鹰生活在一个陡峭的悬崖边。刚开始，老鹰每天都出去找食物，把食物带回给小鹰吃。一天，老鹰喂完小鹰后，突然用它强而有力的爪子把小鹰抓了起来，然后一直往高高的天空飞。小鹰正感到惶恐，老鹰突然又把爪子放开，小鹰不停地往下坠落。小鹰慌乱地挥舞着自己的翅膀，哀叫着，老鹰很快地就飞到它的下面，展开翅膀把它接住。然而，没等小鹰高兴多久，老鹰又一个转身把它从背上甩了出去。小鹰又紧张得大声哀叫，老鹰又飞来接住了它，如此反复多次。后来，老鹰背着小鹰回巢，告诉小鹰："不要害怕！在天空中飞行是我们鹰天生的本领。你要学习怎样挥动你的翅膀，逆风而行。抬起头来，向着天空更高更远的地方看，你就能飞到更远的地方，捕捉到更好的猎物。"小鹰似懂非懂地点了点头。

有一天，老鹰又开始训练小鹰飞翔了，但这次，是直接驱赶，而不是让它飞回鸟巢。小鹰围着鸟巢哀叫着、祈求着，可是无济于事。无奈，小鹰只好离开鸟巢，飞向天空。它想起了老鹰对它说的话：抬起头来，逆着狂风，看着天空向上飞吧！于是小鹰展开翅膀，逆着狂风，勇敢地飞了起来。开始它还不太熟练，有时飞高，有时飞低，有时偏左，有时偏右。但它不灰心，努力舞动着翅膀，迎着狂风，努力地飞着……它突然发现，自己能在天空自由翱翔了！原来，让它畏惧的天空，并不是那么可怕。再接再厉,它又按照老鹰教给它的捕猎方法学着寻找猎物。几经摸索,根据多次失败的教训,它终于能够俯冲下去,伸出有力的爪子,一下子抓住猎物的头和身体。它津津有味地吃起了猎物,一边吃一边感恩,感恩老鹰对它的抚养、照顾和教导,使它在离开老鹰的时候,依然能够独自生存。这种爱叫"骨肉分离",离开,是为了更好的成长。

随着经济的发展,更多的人涌向城市,外出务工,以求改善家庭的境况。俊芳,你的妈妈也是这样,孩子是爹妈的心头肉,哪有舍下不爱的道理!可是被迫离开可爱的女儿,走向远方,是为了给你更好的生活。骨肉分离的心灵之痛,妈妈比你还要难受!为了给你创造更好的未来,让你有个更好的学习环境,妈妈背井离乡,在外工作,这是一种无奈,也是一种伟大的爱!孩子,你能理解妈妈的苦心吗?

有一种成长叫独立。

独立是女孩面对大千世界的第一道门槛。人,总要学着自己长大,找到一片属于自己的天空。父母早晚会离开我们,你要习惯只有自己。学会忍受孤独,学会独立,是我们早晚都要面对的事情。妈妈在远方努力工作,你在家乡努力学习,勇敢面对生活,是不是也是对妈妈的一种回报呢,会不会也让妈妈多一些放心呢?

有一种亲情叫陪伴。

妈妈不在身边,没有妈妈的陪伴和关爱,你会感到孤独、寂寞,可是,你还有慈爱的爷爷奶奶啊!隔辈亲,倍加亲,你是爷爷奶奶的宝贝啊!以前,交通不发达,家书抵万金,现在,网络飞速发展,千里之外也可以瞬间相连。作为新一代少年儿童,你可以帮爷爷奶奶学习发微信。想妈妈时,你们可以一起打开微信跟妈妈聊天。这种亲情的陪伴,能否让你感到别样的温暖呢?

有一种幸福叫珍惜。

一个真正懂得珍惜幸福的人才会拥有幸福。俊芳,你有一个爱你的妈妈，为了让你有更好的生活，她背井离乡，去努力，去奋斗，你是幸福的；你有爱你的爷爷奶奶，即使年迈，他们也不辞辛苦地每天照顾你。孩子，有一种幸福叫珍惜，珍惜你拥有的这一切，你会拥有更大的幸福。也许他们不善言辞，也许他们不会表达，即使心里有浓浓的爱意，也不会用恰当的言语表达出来，但，这些朴实无华的行动，一举一动，都是在说"我爱你"。

有一种情怀叫感恩。

你终究会长大，离开父母，你是他们一生的牵挂。我们在渐行渐远的人生旅途中，要学会感恩，感恩父母给了我们生命，感恩父母抚养我们长大。感恩的心改变着我们的态度，带动我们的习惯，升华我们的性格，帮助我们收获美丽的人生。感恩父母，他们用自己最大的努力给了我们最好的，我们要感恩拥有的这一切。

我们总要学着长大，终究要走向独立，这是成长中必须经历的过程。现在你还不算是一个人独立生活，毕竟还有爷爷奶奶的照顾，将来有一天，你总要离开家人、离开家乡，就像妈妈现在外出工作一样，为了自己的梦想，走向远方……

孩子，锦瑟华年，不需要枉自嗟叹，带着妈妈的爱，带着爷爷奶奶的爱，乐观向上，坚定向前，学会独立，学会成长，美好的明天，在向你招手！

祝你开心快乐，天天向上！

一位来自北京的老师：徐炳倩

10月31日